すぐそこに堂島の手が置かれていた。
俺を拒絶した手。思わず、ぎゅっと握った。
堂島の手は俺の手の中で、
びくりとあからさまに震えた。
「堂島……頼むから」
俺を気持ち悪いと思わないでくれ。

好きで好きで好きで

好きで好きで好きで

高遠琉加

16122

角川ルビー文庫

目次

口絵・本文イラスト／六芦かえで

好きで好きで好きで

後ろ姿が好きだった。ずっと見ていられるから。

（嘘《うそ》だろう？）

その顔を認めた瞬間《しゅんかん》、ぎゅっと絞《しぼ》り上げられたみたいに胸が苦しくなった。

『……悪いけど』

硬《かた》い、冷えた言葉を思い出す。

『どんなに考えても、俺がおまえのことをそういう意味で好きになるなんて、絶対にないと思う。だから、悪いけどあきらめてくれ』

――絶対に。

五年も前のことなのに、その日の自分の指先の冷たさを、俺は驚《おどろ》くほどはっきりと思い出した。心臓が凍《こお》りつきそうな感じも。

鼓動《こどう》が不規則に速くなる。膝《ひざ》がかすかに震《ふる》えて、今すぐ逃《に》げ出したくなった。

二度と会うことはないと思っていたのに。忘れたつもりだったのに。なのにすぐそこに立っている。スーツ姿なんて初めて見た。あたりまえだ。高校を卒業して以来、会ったことも見かけたこともなかったんだから。

だけど変わっていない。すぐにわかった。嫌《いや》になるくらいすぐに。

「ひさしぶりだな、三浦《みうら》」

堂島《どうじま》は笑った。五年前とほとんど変わらない笑顔《えがお》で。

なんにもなかったような顔をして。

1

春の手前の二月は、一年のうちで一番寒い月だ。

俺がその店の前を通りかかったのは、二月のすごく寒い日のことだった。冷たい北風が吹《ふ》いていて、俺はコートのポケットに両手を突《つ》っ込んでうつむきがちに歩いていた。周りみんながそうだったと思う。暗い色のコート。重たい空。

その頃《ころ》の俺の肩書《かたが》きは、いわゆるフリーターだった。商業実務系の専門学校を出て、いったんはシステム開発の会社に就職した。けれど一日中、朝から晩までパソコンのモニターと向かい合わせの生活に、俺は半年で耐《た》えられなくなった。閉鎖《へいさ》的な人間関係も拍車《はくしゃ》をかけたかもしれない。

「三浦は呑気《のんき》だからなあ。ああいうきっちりした職場は向かないよな」

と言ったのは専門学校の時の友人の志野田《しのだ》だ。たぶん褒《ほ》められてはいない。

もう一度会社組織に所属する気にはなれなくて、すぐには就職活動をしなかった。いろいろとバイトをしてみたけど、そこそこ楽しくてもどれもピンとこない。典型的なモラトリアムだ。

身軽で、気楽で、でもどこか焦《あせ》っている。そうして気がついたら、二十三になっていた。

ちょうどファミレスのバイトを辞《や》めたところで、俺は次の仕事先を探していた。バイトを辞めた理由は女の子のことだ。でも別に熱い修羅場《しゅらば》を演じたとか、そういうんじゃない。つきあってほしいと告白されて、友達以上には思えなくて断った。彼女はその後も普通《ふつう》に接してくれていたけど、どうにも俺自身が気まずくて、逃げるように店を辞めた。

明るくて笑顔がかわいくて、とてもいい子だった。その子を好きになれたらよかったんだけど――

そんな頃に、フローリスト・ジュンの前を通りかかった。

志野田のアパートに遊びにいった帰りだった。目を引いたのは、うつむきがちの視界をかすめた鮮《あざ》やかな色彩《しきさい》だ。

くすんだ色の冬の街で、そこだけカラフルな色があふれていた。グリーンの日除《ひよ》け。ベージュの外壁《がいへき》。店構えは大きくないけど清潔感があって、ガラス越《ご》しの店内いっぱいに色とりどりの切り花や鉢植《はちう》えが並べられていた。表のガラスは曇《くも》りひとつなく磨《みが》かれていて、そこにシンプルな飾《かざ》り文字で Florist JUN と書かれている。

(花屋か……)

思うともなく思って通り過ぎようとした時、声が飛んできた。

「ぜったいおばあちゃん喜ぶと思うよ。だってすごくきれいだもん!」

小さな女の子の声だった。嬉《うれ》しそうに弾《はず》んだ声。俺は思わず立ち止まった。

親子連れが店から出てきたところだった。母親はカゴに盛られてリボンで飾られた花を抱《かか》えている。白を基調にして作られた、とても綺麗《きれい》なアレンジメントだった。

「そうね。おばあちゃん、白が好きだものね」

母親が言うと、二人の後から出てきたエプロンをつけた女の人がにっこりと微笑《ほほえ》んだ。

「おばあさまにも気に入っていただけるといいんですが。早く全快なさるといいですね」

（お見舞《みま》いかな）

長い髪《かみ》をひとつにまとめた、優《やさ》しそうな人だった。母親が会釈《えしゃく》をして歩き出そうとすると、女の子が「お花、あたしが持つ！」と背伸《せの》びをして両手を上げた。

「大丈夫《だいじょうぶ》？　ちょっと重いわよ。気をつけてね」

「大丈夫！」

女の子は両手に大事そうに花を抱えて、顔いっぱいに笑みを浮《う》かべた。

そういえば、花束を抱えるとみんなちょっと得意げな顔になる。それって女の子だけじゃなくて老若男女《ろうにゃくなんにょ》共通なんじゃないかな。花にはそういう力があるような気がした。

「ありがとうございました」

店員の女の人が丁寧《ていねい》に頭を下げる。仲良く歩き去っていく親子連れの後ろ姿を、彼女は店先でちょっとの間見送っていた。

俺はその人の横顔を、表情を見て、なんていうか軽いショックを受けた。すごく――嬉しそうだったから。

口元に浮かんだ、意識していなさそうな微笑み。軽く細められた目。気に入ってもらえたのが嬉しくて、あの花をプレゼントされる相手にも喜んでもらえるといいなって、きっと心の底から思っている顔。

(……俺、あんな顔したことあったかな)

今までいろんな仕事をやってきたけど、自分の仕事が誰《だれ》かを喜ばせることができて嬉しいって、そういう気持ちになったことがあっただろうか。

仕事なんてお金をもらえればいいやなんて、別にそれだって間違《まちが》いじゃないだろうけど。

店頭の鉢植えを並べ直してから、その人は店の中に戻《もど》っていった。俺はなんとなく後ろ姿を目で追った。入り口の横に、張り紙がしてある。文字が目に飛び込んできた。

『アルバイト募集《ぼしゅう》』

(花屋か……)

それも悪くないかもしれない、と思った。今まで考えたこともなかったけど。

花とか植物とかって嫌《きら》いじゃない。むしろ好きだ。子供の頃はよく祖母の庭いじりを手伝っていた。

張り紙には、必要な資格は普通自動車運転免許《うんてんめんきょ》のみと書かれていた。きっと配達に使うんだろう。免許なら持っている。あとは「花が好きな人」ってだけだった。

「うーん……」

店先に立って、腕《うで》を組んで考え込む。次の仕事のことはまだ何も考えていない。そんなに軽く決めていいのかって気もするけど……

　その時、後ろからリリリンとベルの音がして、道の真ん中に突っ立っていた俺は走ってきた自転車をあわててよけた。バランスを崩《くず》してよろけた足が、ちょうど自動ドアの前のマットを踏《ふ》んだ。

　ガーッとドアが開く。

「あ」

「いらっしゃいませ」

　さっきの女の人が、気持ちのいい笑顔で振《ふ》り返った。


　彼女の名前は水野《みずの》由布子《ゆうこ》さん。俺と同じくらいか少し上かなって感じで、ここのオーナーの娘《むすめ》さんらしい。店長はお父さんで、従業員は今のところその二人だけ。

「ごめんなさいね。今、店長が配達に行っていて留守なんです。後でこちらから連絡《れんらく》させてもらいますので、お名前とご連絡先《れんらくさき》を書いてもらえるかしら」

　パーマっ気のない長い髪に、ごく薄《うす》い化粧《けしょう》。目が少し垂れ気味で、美人だけど近寄りがたいタイプじゃない。清潔感があって優しそうで、男が「守ってあげたい」と思うタイプ…かな。

「あ、僕の方こそ、履歴書《りれきしょ》もなくてすみません」

　頭を下げると、由布子さんはにこりと笑った。

差し出された紙に、「三浦郁彦《いくひこ》」って名前と連絡先を書く。由布子さんはそれを丁寧にファイルに挟《はさ》み込んだ。

その日の夜に店長さんから電話をもらって、翌日、面接をしてもらった。店長は人あたりのいい気さくな人で、俺が「未経験で花の知識もないんですが」と言うと、「働きながら覚えてくれればいいよ」と言ってくれて、その場で採用の返事をもらった。

翌週から、すぐに働き始めた。なにしろ初めての仕事なんで勝手がわからなくて不安だったけど、店長も由布子さんも、時々お店に顔を出す店長の奥さんもみんないい人で、俺はけっこうすんなりとフローリスト・ジュンに馴染《なじ》んだ。

人間関係には問題なかったけど、仕事は思ったよりも大変だった。朝、店に行くとまず閉店時に店内にしまった花の入ったバケツや鉢物《はちもの》を店先に並べ直す。これだけでもかなりの重労働だ。水の入ったバケツは重い。

基本的に水仕事だから手は荒《あ》れるし、花のために店内の温度をあまり高くできないから、冬場はかなり寒かった。寒い中での水あげの作業はけっこうきつい。

それから花束やアレンジの製作。陳列《ちんれつ》してある花や鉢物のケア。配達や活《い》け込み――やることは毎日たくさんある。花屋がこんなに忙《いそが》しいなんて、正直思ってもみなかった。

「こんなに忙しくなってきたのは最近なんだよ。由布子の作るアレンジが好評でね。口コミでお客さんが増えてるんだ」

と、店長は口元をほころばせて言う。

由布子さんは短大を卒業した後、フラワーアレンジメントの勉強をしながらお店を手伝い始めたんだそうだ。センスのいいアレンジやブーケが好評で、遠くから注文が入ったりリピーターも増えているらしい。

最初のうちは、基本的な花の扱《あつか》い方や名前を覚えるので精一杯《せいいっぱい》だった。少し慣れてきた頃《ころ》から、由布子さんに花束やアレンジメントの作り方を基礎《きそ》から教えてもらった。

「三浦くんは花の扱い方が丁寧だね」

「そうですか？　ばあちゃんの影響《えいきょう》かな」

「おばあさん？」

「子供の頃、祖母が庭で花や野菜を育ててたんです。花は飾って、育てた野菜は食べて、枯《か》れたら肥料にして。けっこううるさく言われました。自然の恵《めぐ》みなんだから、粗末《そまつ》にしたらバチがあたるって」

「素敵《すてき》なおばあさんね」

最初に作らせてもらったのは、客寄せに店頭に置くミニブーケだ。手のひらサイズの小さな花束なんだけど、自分の手で作れるようになると嬉しかった。それが売れると、もっと嬉しい。

こんなふうに自分の仕事の成果が嬉しいと思えるのなんて、初めてだった。配達に行って花束を抱えてチャイムを鳴らすと、出てきた人は驚《おどろ》いた顔をした後に、たいていは笑顔《えがお》になる。嬉しそうな顔を見ていると、こっちまでほっこりとあたたかい気持ちになった。立ち仕事の疲《つか》れも手荒れのつらさも、お客さんが喜んでくれると、陽《ひ》にあたった雪みたいに溶《と》けて消えた。

三月四月は別れや出会いの季節だから、送別会や祝い事に使う花の注文も多くて、一年の中でもかなり忙しい季節らしい。由布子さんは贈《おく》る相手の好みやシチュエーションを細かく聞いて、花を選ぶ。

ある日由布子さんが作っていた花束は、黄色やピンクの明るい花をめいっぱい使った、元気で春らしい大きな花束だった。小学校を定年退職する先生に贈るんだという。

「クラスの委員長さんが注文に来てくれたの。生徒みんなでお金を出し合ったんだって。だから、子供たちの笑顔みたいな花束を作りたいなって。花の数は生徒さんの数なの」

「へえ…」

花屋の仕事は、誰かの人生の節目やイベントを飾《かざ》ったり、日常生活をちょっとだけ潤《うるお》すことができる。そんな実感に触《ふ》れるたびに、俺はこの仕事が好きになっていった。仕事に真面目《まじめ》になればなるほど、やることも覚えなくちゃいけないこともたくさん出てくる。毎日があっという間に過ぎて、気がついたら四月になっていた。

四月の花屋は、春そのものだ。その日も配達や活け込みの仕事が多くて、店は忙しかった。閉店時間を過ぎて、外に並べていた花を店内に入れる。ほうきで床《ゆか》を掃《は》いていると、シャッターを閉めようとしていた由布子さんが、どこかひっかかってしまったらしくフック棒を持って四苦八苦していた。

「あれ？　うーん」

「あ、俺やりますよ」

ほうきを置いてそちらへ行こうとする。と、もう暗くなった道の方から伸《の》びてきた誰かの手が、由布子さんの手からひょいとフック棒を奪《うば》った。

その手が片手でフック棒をガチャガチャと動かすと、ガチッと音がして、シャッターがするするとスムーズに降りてきた。降りてきたシャッターを、もう片方の手が軽く受け止める。

腕の持ち主はスーツを着ていた。

「ただいま」

スーツの男は、由布子さんに軽く笑いかけた。

――嘘《うそ》だろう？

俺は愕然《がくぜん》として、その男を見つめた。

(どうしてこんなところにいるんだ)

どくんどくんと鼓動《こどう》が速くなる。混乱して、逃《に》げ出したくなって、でも目が離《はな》せなかった。

五年ぶりだ。でも変わってない。顔立ちはずいぶん大人びて、髪《かみ》も社会人らしくすっきり整えられているけど、それ以外はほとんど変わっていなかった。少しきつめの形のいい眉《まゆ》。涼《すず》しい目。静かであんまり力が入ってなくて、でも芯《しん》に金属が通っているみたいな声。喋《しゃべ》り方。笑う時に照れたように眉を少し下げる癖《くせ》。

(どうしよう)

逃げ出したい。

(でも嬉《うれ》しい)

変わってない。

(……嬉しい)

「慎《しん》ちゃん」

ふわりと由布子さんが笑った。咲《さ》きこぼれる桜みたいな笑顔だった。

(慎ちゃん)

心臓がひとつ大きく鳴った。苦しくて、やっぱり逃げ出したくなった。

2

恋《こい》に落ちるのに劇的な瞬間《しゅんかん》なんて必要ない。

捨て猫《ねこ》を拾っていたとか、横断歩道でおばあさんの荷物を持ってあげていたとか、そんな新聞コラムみたいなわかりやすい優《やさ》しさもいらない。

それはもっと嫌《いや》になるくらい即物《そくぶつ》的なものだ。

たとえば伏《ふ》せた目の睫毛《まつげ》とか。息が喉元《のどもと》の皮膚《ひふ》に触れた時の、あのはしたないほどの心臓の喘《あえ》ぎとか。

堂島慎一《しんいち》は、高校二年の時のクラスメイトだった。

背がすっと高くて、大勢の中でも目立った。あまり口数が多くなくて、その年にしては落ち着きすぎているところがあったけど、話しかけられれば普通《ふつう》に受け答えしていたし、周りから浮《う》いたりはしていなかった。きっとどこでも自分のペースでやっていけるタイプなんだろう。群れを作らずに一人でいることをなんとなく周囲に納得《なっとく》させる、ちょっと独特の存在感があった。

堂島はクラブに入っていなかったけど、弓道《きゅうどう》をやっていたことを俺は知っている。どうして知っているかというと、家の近くの弓道場で見かけたことがあるからだ。

それまで俺は堂島に特別な関心は持っていなかったけど、ぼんやりとうらやましいなと思っていたところはある。高い身長と、ほどよく筋肉ののった体。それに見合う、すっきりと端整《たんせい》で凛々《りり》しい顔つき。

俺は体格にはあまり自信がないし、容姿も性格も平凡《へいぼん》だって自覚している。特にこれといって人目を引くところのない、十人並みの人間だ。それに、いつもなんとなく周囲に合わせてしまう。堂島みたいに周りに流されない強さは、欲しくても得られないもののひとつだった。

堂島を見かけたのは、近所の公園だった。体育館やテニスコート、プールなんかがある大きな公園で、地元の競技会にもよく使われている。休日の午後で、散歩や遊びに来ている人で賑《にぎ》わっていた。

高校二年の冬だった。俺は公園を突《つ》っきって買い物に行く途中《とちゅう》だった。堂島はその少し前を歩いていた。

後ろ姿を見て、あ、堂島だ、とすぐに思った。

背筋を伸ばして、大股《おおまた》でさっさと歩いていく。その無造作で颯爽《さっそう》とした歩き方でわかった。

クラスメイトだけどさほど親しくはなかったから、声をかけようか少し迷った。

堂島は何かすごく長い、布袋《ぬのぶくろ》に入った棒みたいなものを持っていた。剣道《けんどう》で使う竹刀《しない》よりも長そうだ。

（何だ、あれ）

声をかけそびれたまま、なんとなく後ろをついていった。広い敷地《しきち》内を、堂島は迷いのない歩調で歩いていく。たくさんの人がベンチでくつろいでいる広場も、何かの試合をしている体育館の入り口も通り過ぎて、裏手に回った。

そのあたりは木がたくさん植えられて雑木林みたいになっていて、ひと気も少なかった。開放的な広場とは対照的に静まり返っている。近所だからたまに来る公園だけど、足を踏《ふ》み入れたことのない場所だった。

そこには、独立して建てられた弓道場があった。弓道場だってわかったのは、入り口の看板にそう書いてあったからだ。外見は瓦葺《かわらぶ》きの普通の家みたいだ。堂島はサッシの引き戸を開けて、さっさと中に入っていく。俺は入り口の前で、しばらくの間所在なく突っ立っていた。

（弓道か……）

するとあれは弓かな。堂島がそんなものをやっているとは知らなかった。というか、堂島のことなんて何も知らないけど。

急に、自分のやっていることがうしろめたくなった。これじゃ素行調査みたいだ。もう行こうと、俺はくるりと振《ふ》り返った。

「見学ですかね」

「うわっ」

思わず声を出してのけぞった。いつのまにか俺の背後に中年の男の人が立っていた。

「見学はいつでも歓迎《かんげい》してますよ。特に若い人は少ないですからねえ」

その人はにこにこと人のよさそうな笑《え》みを浮かべる。俺は口ごもった。

「いえ、えーと…」

「今日は土曜日だから、堂島くんが来てるかもしれない。君と同じくらいの高校生の子ですよ」

「……」

見たい、ととっさに思った。存在感はあるけど人と馴《な》れ合わない、そういう堂島の教室では見せない顔を。

「まあまあ、遠慮《えんりょ》せずに」

おじさんは俺の背を押して建物の方へ促《うなが》す。意外に力が強かった。無理に連れ込まれたふりをして、俺は弓道場の中に足を踏み入れた。

「あ、靴《くつ》はそこで脱《ぬ》いでください」

「……」

コンクリートの土間に下駄箱《げたばこ》が並んでいる。おじさんはさっさと靴を脱いで下駄箱に入れた。俺は遅《おく》れてそれに続く。スリッパは見あたらなかったんで、靴下《くつした》で板敷《いたじ》きの廊下《ろうか》に上がった。

おじさんの後をついていくと、廊下の先に広々とひらけた空間があった。

「私は着替《きが》えてきますから、どうぞごゆっくり」と言って、おじさんはどこかに消えた。ちょっと迷ってから、俺は中には入らずに入り口から顔を出して覗《のぞ》いてみた。

天井の高い、ちょっとした体育館みたいな場所だった。板敷きになっているのは途中までで、その先は一段下がって緑色のゴムのシートが敷《し》かれている。二十五メートルプールよりちょっと遠いかなってくらいの位置に、的がずらりと並んでいた。それぞれ矢が数本刺《さ》さっている。

(…あ、いた)

堂島が、いた。

中にいたのは十人に満たないくらいで、着物に袴《はかま》姿の人も、トレーニングウエアの人もいる。中高年の人がほとんどだった。堂島は白い着物に袴を穿《は》いていた。ストイックで純日本風の容《よう》貌《ぼう》の堂島に、黒い袴は実によく似合っていた。

ちょうど矢を射ようとしているところだった。少し足を開いて、背筋を伸《の》ばして立っている。グローブみたいなものを着けた右手に矢を持っていた。弓の中央あたりを握《にぎ》った左手の上に、ゆっくりと番《つが》える。

俺は斜《なな》め後ろから堂島を見ていた。ぴしりと伸びた、俺よりずっと幅《はば》の広い背中。その筋肉の動きが、白い生地《きじ》越しにも見て取れた。

綺麗《きれい》な背中だった。人の背中に見惚《みと》れたのは、生まれて初めてだった。

一度的から視線をはずし、堂島は目を伏せて深く息をした。それから、再び的に目を据《す》えた。

（……わ）

無意識にこくりと息を呑《の》んだ。

空気が、変わった。

かすかにひそめられた眉《まゆ》。固く引き結んだ唇《くちびる》。集中力が見えない陽炎《かげろう》になって堂島の体から立ち昇《のぼ》っている。左腕《ひだりうで》をすうっと動かして、弓を持ち上げた。

矢尻《やじり》と目線がぴたりと揃《そろ》う。弓を持った右手を、徐々《じょじょ》に引いた。腕《うで》にくっきりと浮き上がる筋肉の線で、かなり力が入っているのがわかる。けれど上半身はまったく動かなかった。

なめらかな動きで、堂島は弦《つる》を引き絞《しぼ》った。

まっすぐに伸びた背筋。ぶれることのない上体。ゆるやかに流れるように動くのに、底に力を感じさせる腕。

まるで武術舞踊《ぶよう》を見ているみたいだと思った。無駄《むだ》なものをいっさい省いた、完成された隙《すき》のない所作。俺は弓道の型とか知らないけど、体の中心にぴんと糸が張っているような緊張感《きんちょうかん》のあるその動きを、とても綺麗だと思った。

「…ッ！」

バシッと音がして、俺はびくりと肩《かた》を跳《は》ね上げた。まるで耳元で何かが破裂《はれつ》したみたいだった。

堂島が矢を放っていた。でも的は遠い。そんなに大きな音が聞こえるはずがなかった。だから耳元で音がしたのは気のせいに違《ちが》いないんだけど、それでも堂島の射た矢が的に当たった瞬間、俺の体の真ん中を、何かが駆《か》け抜《ぬ》けた。

強い鋭《するど》い、何かが。

ぞくりとした。怖《こわ》いというのとはちょっと違うんだけど、それにかなり近い感覚。

矢は、的の中心にかなり近い位置に射込まれていた。

「どうしました」

ふいに後ろから声がして、俺は飛び上がるように振り返った。

「中に入らないんですか？」

さっきのおじさんが着物に袴姿で立っていた。「あの」と俺は口をひらいた。喉《のど》にからんだような変な声になった。

「さあ、どうぞ中へ」

おじさんはにこにこと笑っている。

「いえ……いいです。ありがとうございました」

言って頭を下げて、俺はさっと背を向けた。「あ、ちょっと」と声をかけてくるおじさんを振《ふ》り返らず、走るように建物を出る。悪いことをしたみたいに、俺はそこから逃《に》げ出した。

それ以来、俺は無意識のうちに堂島の姿を目で追うようになった。

堂島はたしかに上背もあるんだけど、それだけじゃなくていつもすごく姿勢がいい。空に向かってまっすぐに伸びるポプラの木みたいで、だからよけいに目立つんだと、視界にたくさん入るようになって初めて気がついた。

でも最初のうちは、まさか自分が堂島のことを好きになるなんて思ってもみなかった。だって堂島は男だ。だから俺は自分が堂島に憧《あこが》れていて、同性《どうせい》としてうらやましいから見てしまうんだと、そう考えていた。

俺はその頃彼女はいなかったけど、過去に女の子とつきあったことは何度かあった。大勢で一緒《いっしょ》にいるうちになんとなく気が合ってよく話すようになって、周りから当然のようにカップルとして扱《あつか》われて、だんだん自分たちもそんな気分になってつきあい始める。だいたいいつもそういうパターンだった。もしくは女の子から「つきあってみよっか」みたいに軽く言われて、嫌《きら》いじゃないからOKしたり。

だけど友達でいるうちはうまくいくのに、恋人《こいびと》になるとだめになった。女の子たちは「彼女」になったとたんに、あたりまえだけど「女」になる。いろいろ要求や期待をされて、次第《しだい》に重くなってきて、そうなって初めて、自分が相手のことをそんなに好きじゃないことに気づく。いつもその繰《く》り返しだった。

軽くていいかげんで、折り紙で作った船みたいに流されやすくて。

それでもいつか本当に好きな相手ができたら、何もかもが変わるんじゃないかなんて、どこか他人事《ひとごと》のようにぼんやり思ってはいたけど――

俺は堂島に特別話しかけたりはしなかった。顔を知っているだけの、ただのクラスメイト。

べつにそれでいいと思っていた。何をどうしたいわけじゃない。

なのにそれは、転がるように俺の手の中に落ちてきた。

「先生、堂島どうしたんですか。病気？」

その日、俺は日直だった。日誌を持って職員室に行って、担任教師に渡《わた》しがてら訊《き》いてみた。日誌には欠席者を書く欄《らん》がある。堂島は二日続けて学校を休んでいた。

恰幅《かっぷく》がよくて声の大きい担任教師は、「ああ」と太い眉をひそめた。

「昨日、風邪《かぜ》だって連絡《れんらく》はあったんだがな。今日は連絡がなかったから、ちょっと心配なんだが……」

「インフルエンザかな」

ちょうどその頃、インフルエンザが大流行していた。

「今年のインフルエンザは熱がずいぶん出るらしいからなあ。ひどくなければいいが……堂島は一人暮らしなんだよ」

「えっ」

堂島が一人暮らしだなんて、初めて聞いた。俺は堂島のことを何も知らない。俺だけじゃなくて、たぶんクラスの連中も。

「親御《おやご》さんが仕事で海外に行かれてな。堂島は日本の大学に進学したいからって一人で残ったんだ」

「へえ…」

堂島が周囲の同級生に比べて大人びていて、ちょっと近寄りがたいような雰囲気《ふんいき》を持っているのはそのせいかもしれないと俺は思った。

「さっき電話をしてみたんだが、誰《だれ》も出ないんだ。やっぱりちょっと様子を見に行った方がいいだろうなあ」

「行った方がいいんじゃないですか。高熱で意識不明で助けも呼べなくなってたりして」

「行きたいのはやまやまなんだが……」

先生は髪《かみ》に手を突《つ》っ込んで低い声で唸《うな》った。

「実はウチの女房《にょうぼう》、陣痛《じんつう》が始まったってさっき連絡があって」

「ええっ！　赤ちゃんが産まれるんだ！」

「……照れるからあまり言いふらさんでくれよ。ウチのは初産《ういざん》だし、不安だろうからついててやりたくてな」

「それはついててあげないとだめですよ！」

「しかし堂島が」

「じゃあ、俺が様子見てきます」

とっさに口から出た言葉だった。

「これから帰るところだから、帰りに寄ってみます。先生は早く奥さんとこ行ってあげなよ」

「……そうか？」

申し訳なさそうに俺を見上げて、それから先生はニカッと笑った。

「そうしてもらえるとありがたい。三浦はいい奴《やつ》だな」

先生は住宅地図をコピーして、堂島の家の場所に印をつけてくれた。けっこう近い。ひと駅隣《となり》だ。ここならあの公園の弓道場《きゅうどうじょう》まで、歩きでも通えるだろう。

何か食べられそうなものを買っていってやれとお金を渡されて、俺は学校を出た。

俺はクラブも何もやっていない。いったん家に帰ってから、自転車でスーパーに買い物に行った。レトルトのおかゆだのりんごだのフルーツのシロップ漬《づ》けの缶詰《かんづめ》だのを買って、堂島の家に向かった。

風邪をひいている堂島には悪いけれど、俺は内心、ちょっとだけわくわくしていた。堂島が一人暮らしをしているなんて、クラスの誰も知らない。堂島のプライベートを知るチャンスだ。知ってどうするわけでもないけど。

たいして時間はかからず、迷うこともなく目的の家は見つかった。『堂島』って立派な表札が出ている。

砂色のタイルの外壁《がいへき》の、どっしりした二階建ての綺麗《きれい》な家だった。インテリア雑誌にでも載《の》っていそうな。だけどこの家に一人で暮らしているのかと考えたら、ちょっと寂《さび》しいような気もした。広すぎるんじゃないかな。

門から玄関《げんかん》まで、少し距離《きょり》がある。気後れしながら、俺はインターフォンを押した。

「……」

なんだかやけに緊張《きんちょう》する。しばらく待っても、なんの応答もなかった。もう一度鳴らしてみる。耳をすますと家の中でチャイムの音がしたけれど、誰か出てくる気配はなかった。

(どうしようかな……)

本当に動けなくなってるんだったらどうしよう。まずいんじゃないだろうか。

玄関ドアのハンドルを動かしてみた。もちろん鍵《かぎ》がかかっていた。周りを見回すと、家の横手に庭があるらしい。少し考えて、俺はそろそろと壁《かべ》づたいに家の横に回り込んだ。

塀《へい》と建物の間の庭と呼べるスペースには、俺の家みたいな花壇《かだん》とか家庭菜園とか、そういったものは何もなかった。ただ何も干されていない物干し台だけが取り残されたようにぽつんと置かれている。足元は剝《む》き出しの地面で、ところどころに雑草が生えていた。

(なんかまるで空き家みたいだなあ……)

家は綺麗だけど、あまり手入れされていない庭だ。庭に面して、大きな掃《は》き出し窓《まど》があった。俺はその窓に近づいてみた。

グリーンのカーテンが少しだけ開いていた。中は暗い。人影《ひとかげ》も見えない。俺は拳《こぶし》でガラスを、最初は遠慮《えんりょ》がちに、次第に力を入れて叩《たた》いた。

「堂島!　いるのかー?」

なんの変化もない。家の中は暗いままだ。

陽《ひ》はそろそろ暮れかけていて、あたりはしんしんと夕闇《ゆうやみ》が降りてきていた。冷たい風が枯葉《かれは》を転がしながら吹《ふ》きつけてくる。俺はダッフルコートの襟元《えりもと》を合わせて首をすくめた。

胸の中に灰色の雲が広がるみたいに、じわじわと不安な気持ちになってくる。堂島は大丈夫《だいじょうぶ》なんだろうか？

　ふと思い立って、ガラスを叩くのをやめて、窓枠《まどわく》に手をかけてみた。

（開く）

　窓はするりと、なんなく開いた。

「あの……すいませーん」

　暗い室内に呼びかける。やっぱり返事はない。しばらく迷った末、俺は靴《くつ》を脱《ぬ》いで、おそるおそる膝《ひざ》から中に入ってみた。

「お邪魔《じゃま》しまーす。泥棒《どろぼう》じゃないでーす…」

　よその家に黙《だま》って入るなんて気が引ける。でも堂島が倒《たお》れていたらと思うと、そんなことは言ってられなかった。

　入った部屋はリビングだった。ソファセットやテレビが置かれている。へっぴり腰《ごし》のまま、その部屋を横切って廊下《ろうか》に出た。

「あ」

　はっとした。廊下に薄《うす》い光が漏《も》れている。閉まった引き戸の窓からの光だった。俺は飛びつくようにその引き戸まで走った。

「堂島？　いる？　俺、クラスの三浦だけど！」

　がんがんと殴《なぐ》るように戸を叩く。中でうめき声のようなものが聞こえた気がした。矢《や》も盾《たて》もたまらず引き戸を開けようとすると、ひどく重い。両手に力を込めて、一気に押し開けた。

「うわっ！」

なんだなんだ。開けたとたんに何かが足元にどさりと倒れ込んできて、俺は思わず飛びすさった。

人間だ。死体か。いや、堂島だ。

「な…」

しかもぎょっとすることに、服を着ていなかった。いや、腰《こし》にバスタオルを巻いているから、全裸《ぜんら》なわけじゃないんだけど。

そこはバスルームのようだった。半分開いたガラス戸の向こうに、タイルの床《ゆか》が見える。だけど湯気は見えなくて、空気はすっかり冷えきっていた。堂島はどうやら座った状態で脱衣所《だついじょ》の引き戸にもたれかかっていたらしかった。

「堂島……大丈夫か？」

ごくりと唾《つば》を呑《の》んで、死体のように転がった堂島の顔を覗《のぞ》き込んだ。

目を閉じている。意識がはっきりしていないみたいだった。息が荒《あら》く、頬《ほお》が嫌《いや》な感じに上気している。ひたいに手をあててみると、沸騰《ふっとう》しそうに熱かった。

「な…何やってんだよ。こんなとこでこんな格好で！」

明らかにひどい風邪かインフルエンザだ。とにかくふとんに入れないと。俺はぐったりと力ない体を抱《かか》え起こそうとした。

「うっ、重…」

長身の男だ。しかも意識のない人間の体は重い。特に鍛《きた》えているわけじゃない俺は、堂島の腕《うで》を肩《かた》に回して立ち上がろうとしたとたん、足元をふらつかせた。

「うわ、わっ」

バランスを崩《くず》してたたらを踏《ふ》む。踏みとどまれず、堂島を抱えたまま俺は廊下に倒れ込んだ。

「――いってぇ…」

腰だけじゃなく後頭部まで壁に打ちつける。自分の体重プラス堂島の体重分の重みに、体全体に痺《しび》れが走った。

「うー……ん……」

堂島の体は俺の胸の上に覆《おお》いかぶさっていた。伏《ふ》せた顔から、かすれた声が聞こえてきた。目を覚ましたらしい。

「……だれ」

億劫《おっくう》そうに腕が上がって、俺の肩をゆるくつかんだ。

「みっ、三浦だけど。同じクラスの」

「……三浦」

かすれた声が俺の名前を呼んだ。堂島が動くと、くせのない硬《かた》めの髪がさわりと首筋を撫《な》でる。俺の肩にすがるようにして、堂島は顔を上げた。

目が合った。

彫刻刀《ちょうこくとう》を横にすっと引いたような、切れ長の目。三秒くらい、息が止まった。

(うわ……なに)

熱がある堂島の目は、とろりと潤《うる》んで視線が定まっていない。ぼんやりと俺を見つめた後、目を開けているのも苦しそうに顔を伏せた。

唐突《とうとつ》に、堂島が弓を引いているのを見た時のことを思い出した。この息苦しさ。心臓の鼓動《こどう》。怖《こわ》いようなぞくぞくするような、今すぐ逃《に》げ出したくなる心もとない焦燥《しょうそう》。

「……三浦が……なんで」

睫毛《まつげ》が震《ふる》えて、熱い息が俺の首筋にかかる。火照《ほて》った体からは、かすかに汗《あせ》の匂《にお》いがした。

「…っ…」

思わず息を呑んだ。

(嘘《うそ》だろう?)

今、身体《からだ》が反応した。ざわりと背筋の神経が波打って、あろうことか下半身が疼《うず》いた。

(違《ちが》う違う)

俺の頭は変なことを考えている。手のひらに触《ふ》れている堂島の裸《はだか》の背中。熱い荒い息。かすれた声。汗。

(……セックスしてるみたいだ、なんて)

頭がおかしい。女の子とそういうことになった時は、こんなふうにはならなかった。こんな、頭と体が別方向にパニックを起こしてるみたいには。もっと冷静でいられた。ドキドキはしたけど、みっともないほどうろたえたりはしなかった。自分が何をどうすればいいか、ちゃんと

わかっていたのに。

(こんなのは知らない)

こんなの変だ。これじゃまるで――…

俺は焦《あせ》って堂島を自分から引き離《はな》そうとした。両手でぐいと押すと、堂島の体はぐらりと頼《たよ》りなく揺《ゆ》れてそのまま床に倒れそうになる。

「あ、あ、うわ、ごめん…っ」

あわててもう一度抱《だ》き止めた。抱きしめると堂島は、たぶん無意識なんだろうけど俺にすがりついてくる。

「………」

胸のあたりで苦しそうに堂島が呻《うめ》いた。かすれて声になっていなくて、何を言ったのかはわからなかった。力ない手が何かを求めるように動く。指に触れた俺のシャツを、ぎゅっと握《にぎ》りしめた。

「…ッ」

喉《のど》の奥で息をつめた。握られたのがシャツじゃなくてどこか他《ほか》の、気管とか心臓とかの命に関《かか》わる大事な場所だったみたいに。

(あー……だめだ。俺、おかしい)

腕の中の堂島の裸の身体。しっかりとした骨格の上に硬い筋肉のついた、男の。俺はその身体に――どうしようもなく、欲情《よくじょう》した。

女の子としたって体の気持ちよさはあったけど、こんなわけのわからないほどの熱さと激しさはなかった。この人が欲しい。抱き合ってみたい。あの日、弓道場《きゅうどうじょう》で見た、矢を放つ時の堂島の力強さも清冽《せいれつ》さも綺麗《きれい》な背中も、今のこの弱った感じも潤んだ熱っぽい目も本人無意識の色気も、全部ひっくるめて、堂島を欲しいと思った。

俺の中に初めて沸《わ》き起こった、一人の人間に対する強烈《きょうれつ》な欲望《よくぼう》。

(だめだ)

俺はおかしい。このままこうしていたら、きっと取り返しがつかないことになる。

だけど離せなかった。腕の中の誰《だれ》にも渡《わた》したくない宝物みたいに、このままずっと抱いていたいと、そう願った。

たった一人の人のせいで世界が一瞬《いっしゅん》で色を変えるなんてこと、本当に自分の身に起こるなんて信じていなかった。いつかそんなことがあるといいなって、ありえない夢みたいに漠然《ばくぜん》と考えていただけだ。

だけどそれは、突然《とつぜん》手の中に転がり落ちてきた。でも薔薇色《ばらいろ》なんかじゃない。甘さも少しはあったけど、もっと苦くて、もっと痛いものだ。

一挙一動に吸い寄せられる。大勢の中から声を聞き分けられる。嬉《うれ》しくなったり苦しくなったり、些細《ささい》なことに過敏《かびん》になって、まるで生身の心臓に鎖《くさり》を巻きつけて引っ張りまわされているみたいだった。相手は何も知らないのに。

バスルームでぶっ倒れていた堂島を、俺は何をさておき病院に連れていった。悪いとは思ったんだけど堂島の部屋を探してクロゼットを引っかきまわして、適当に服を見つくろった。頬を叩《たた》いてむりやり正気づかせて、着てくれと服を押しつけてタクシーを探しにいった。

診察《しんさつ》を待っている間に俺がここにいる理由を説明したけど、堂島は朦朧《もうろう》としていて、ちゃんと聞いていたかどうかあやしい。なんでバスルームなんかで倒《たお》れていたのか訊《き》くと、「汗をかいて気持ち悪いから流したくなった」と言う。意外に無茶《むちゃ》をするタイプなのかもしれなかった。

堂島は風邪《かぜ》と診断《しんだん》された。インフルエンザじゃなくてよかった。病院から戻《もど》った後は、俺はそのまま堂島の家に泊《と》まり込んだ。電話で母親に看病の仕方を聞いて、ひたいのタオルを替《か》えたり水を飲ませたり薬を飲ませたり、できるだけのことをやった。

そして翌朝。

「……三浦?」

俺は毛布をかぶって堂島のベッドの横でうずくまっていた。いつのまにか眠《ねむ》っていたらしい。先に目を覚ました堂島が、ベッドにもたれた俺の肩をゆすっていた。

「おい。三浦」

「……あ。……おはよう」

寝不足《ねぶそく》の目をこすりながら言うと、堂島はまじまじと俺を見た。初めて会う人を見るような目で。それから真面目《まじめ》に、「おはよう」と返した。やつれている感じはするけど、すっきりした表情をしていた。

「えーと俺、昨日先生に頼《たの》まれてここに来たんだけど……説明したけど、覚えてる？」

「ああ、うっすらと……」

「そうだ。熱。熱を測らないと」

体温計はリビングに置かれていた救急箱の中にあった。熱を測ってもらうと、病院で打ってもらった注射のおかげかずいぶん下がっている。ほっとして、吐息《といき》をこぼした。

「よかった」

「なんかすごく世話になったみたいで、悪かったな」

「いいよ、そんなの。なんか食べられるか？　薬を飲まないと。えーと、おかゆでいいかな。レトルトだけど。今あっためるから」

ばたばたと忙《せわ》しなく家の中を走り回る俺を、堂島は黙《だま》って見ていた。おかゆを温めて持っていき、水と薬を用意する。学校に行かなくちゃいけないから俺はいったん家に帰ると言うと、ベッドの上で上体を起こした堂島は、ふっと頬《ほお》をゆるめた。

「本当に、ありがとうな」

（笑った）

笑うと厳しめの眉《まゆ》がゆるんで、表情がやわらかくなる。はにかむような笑い方が、人見知りの子供みたいだと思った。

（もっと見たい）

知らない表情を、もっと見たい。堂島のことが知りたい。なんでも。

「……三浦?」

静かな目が俺を見上げる。

「あ、あー、えーと、学校終わったらまた来るから」

「いいよ。もう大丈夫《だいじょうぶ》だから」

「いや、油断しない方がいいよ。変に無理するから、こんなことになったんだろ。うち近いし、なんか食べられそうなもの持ってくるから」

「……悪いな」

弱みにつけこんでるみたいなうしろめたい気持ちが、少しだけした。

その日の夜、母親が作ってくれたポトフを自転車の籠《かご》にのせて、俺はまた堂島の家に行った。堂島はもうベッドから起きられるくらいには回復していた。鍋《なべ》ごと持っていって向こうで台所を借りて温めなさいと言われたからそうしたんだけど、俺の手にした鍋を見て、堂島はちょっと呆気《あっけ》に取られた顔をした。それから、こらえきれないみたいにくっくっと笑った。

「ありがとうな。本当に、何から何まで。おまえんとこの家の人にもお礼言っといてくれ」

「うん。食べるだろ?」

「ああ、じゃあ」

食事をする堂島の向かいに座って、俺はいろいろと話しかけた。家族のことや、普段《ふだん》の生活のこと。堂島は何を訊いても淡々《たんたん》と答える。

「母親が再婚《さいこん》したからさ。中学の時に。ここはその結婚《けっこん》相手の家なんだけど、海外に転勤が決まったから」

「へえ。いいよなあ。一人暮らしなんて。うらやましいよ」

「そうでもない。掃除《そうじ》とか面倒《めんどう》で……。前は小さな市営住宅だったからな」

堂島はあまり表情を動かさずに落ち着いて喋《しゃべ》る。だけどその声は、重りが入っているみたいにすっと耳の奥底に落ちた。静かで、背筋が伸《の》びていて。堂島の持つそういう空気は、たとえば高い空を仰《あお》ぐみたいに気持ちがよくて、同時に俺にとって少し眩《まぶ》しいものだった。

その日以来、俺はちょくちょく堂島の家に足を運ぶようになった。男の一人暮らしだとやっぱり家事がおざなりになるみたいだから、余ったおかずの差し入れとか、適当に理由を作って。

そしてテレビを見たり、ゲームを持ち込んだりして長い時間を過ごす。堂島は特に迷惑《めいわく》そうな素振《そぶ》りは見せなかった。堂島はなんでも流すように淡々と受け入れる。俺のことは単なるおせっかいか、それとも親の目がなくて気楽だから遊びにきていると思っているらしかった。

並んでテレビを見ているだけでも、俺は隣《となり》の体を強く意識する。時々、一緒《いっしょ》にゲームをやった。やり方を知らない堂島に教える時、ニアミスで指が触《ふ》れる。それだけで、中学生みたいにドキドキした。

「ゲームってけっこう難しいな。こんなに難しいとは思わなかった」

対戦ゲームで、俺は堂島をめちゃくちゃに負かしてしまった。堂島はさしてくやしそうでもなかったけど、やけに感心したように呟《つぶや》いていた。

「慣れてないからじゃない？　あと、堂島は考えすぎだと思う。もっと反射で動けばいいのに」

「ああ、そうか……そうだな」

俺の顔を見て、堂島は照れたみたいに笑った。

堂島が笑うと、俺の胸は勝手に苦しくなる。体の反応に心が追いつくのは、すぐだった。

堂島が好きだ。もっと近くに行きたい。堂島のことをもっと知りたい。俺に関心を持って欲しい。俺を好きに……なってくれないだろうか。

こんなのおかしいって、わかってはいた。堂島は男で、俺も男だ。俺だって女の子とつきあったことはあったし、自分がそういう性癖《せいへき》の持ち主だなんて、考えたこともなかった。

こんなことは誰にも言えない。でも悩《なや》みながらも俺は堂島に会いにいったし、堂島のことばかり考えた。頭と体はてんでばらばらで、心がその間を行ったり来たりした。

「あのさ、俺は専門に行くつもりだけど、堂島って受験するんだよな？」

「ああ。そのつもりだけど」

「俺、もしかして勉強の邪魔《じゃま》かな」

ある日、何気ないふりを装って訊いてみた。少しでも迷惑がられていたら、もうやめよう。そう思って。

「いや。そんなことないよ。全然」

あっさりと軽い調子で、堂島は答えた。堂島は口数は少ないけど、嘘《うそ》は言わない気がする。

言葉を飾《かざ》り立てないから邪魔なものがなくて、まっすぐにこっちの中に入ってくる。

「俺は三浦といると、楽しいけど」

そう言って、軽く笑った。

(……だめだ)

会えば会うほど、もっと会いたくなる。だめだって思うのに、ひきずられる。

だけど俺は男だ。受け入れてもらえるはずがない。好きになったって無駄《むだ》だ。絶対に叶《かな》わない。

何度も、自分にそう言い聞かせた。なのに抑《おさ》えれば抑えるほど、逆に気持ちは強くなった。そして好きになればなるほど苦しくなる。螺旋《らせん》状の迷路《めいろ》にはまり込んでいくみたいだった。

そんな状態は一年以上続いた。三年生になって、クラスが別々になって、卒業するまで。俺は、ただずっと、堂島に片想《かたおも》いをしていたのだ。

壊《こわ》れたのは、卒業間近の冬だった。

堂島は受験組だから、頻繁《ひんぱん》に家に遊びにいくことはできなくなっていた。クラスも別れてしまったせいで、たまに校内で見かけて話しかけたり、運よく下校時に会えれば一緒に帰ったりするくらいしか俺にはできない。それでもそうやって近くにいられる時間だけが、俺に許されたささやかな幸福だった。

だけどそんな時間も、指の間からこぼれる砂みたいに手の中から消えていく。

「堂島の志望大学って都内だよな?　受かったら家から通うのか?」

「いや。俺は家を出るつもりだから」

「なんで？　ちょっと遠いけど通えないこともないだろ？」

「でもあの家は自分の家って気がしないからな……。もうすぐ両親も帰ってくるし、留守番も必要なくなるから」

堂島があの家を出ていくなら、俺にはもう理由がなくなる。同級生という繋《つな》がりも消える。引《ひ》っ越《こ》し先は訊《き》けば教えてくれるだろうけど、わざわざ訪ねていくのも変だ。

いや、変でもいい。堂島に会えるなら。

(だけどそんなことをずっと続けていくのか？)

友達面《づら》して、気持ちを押し隠《かく》して。堂島に彼女ができても笑って。

(彼女)

俺は一人の女の子を思い浮《う》かべた。最近、堂島と一緒にいるのをよく見かける。堂島と同じクラスの子だ。ゆるく巻いた茶色い髪《かみ》、睫毛《まつげ》の長い目。少し大人っぽい雰囲気《ふんいき》の、けっこう美人な子だった。

その子は明らかに堂島のことが好きだった。見ていればわかる。笑顔《えがお》をふりまいて、上目遣《うわめづか》いで見上げて、時々何気ないふりで腕《うで》や肩《かた》に触れて。私はあなたが好きなのよって全身からコロンみたいに香《かお》らせている。隠す気もなく。

俺はその子がうらやましかった。女の子なら、あんなふうにできるのに。うしろめたいことでもなんでもない。あんな子にアプローチされたら、たとえ好きじゃなくても男は嫌《いや》な気はしないだろう。

（もうすぐ卒業だ。もうすぐ会えなくなる）

たまたま帰りが遅《おそ》くなった放課後、通りかかった堂島のクラスを覗《のぞ》くと、もう誰《だれ》もいない教室で堂島とその子が二人きりで話をしていた。堂島は笑っていた。

「ああ、原《はら》ね」

いてもたってもいられなくなって、適当に口実を作ってその日の夜に堂島の家に行った。堂島はあっさりと頷《うなず》いた。

「志望校が同じだからさ、情報交換《こうかん》しようって言うから。うちのクラスでそこを受けるの、俺と原だけなんだ」

自分からあまり人に話しかけないから誤解されやすいけど、堂島は近づいてくる相手に対してはわりとニュートラルに受け入れるところがある。ある一定の深さまでで、内側までは入れないにしても。

「……つきあってるのか？」

思わず口をついて出た。堂島はやっぱり流すように軽く笑った。

「そんなんじゃないよ。だいたい今、受験生だしな」

俺にはそれが、受験生じゃなければつきあってもいいんだけど、って意味に聞こえた。

彼女は二人とも合格したら告白しようって思ってるかもしれない。堂島だってまんざらでもなさそうだ。家に入りびたる俺をあっさり受け入れたみたいに、彼女のことも受け入れるかもしれない。

そうやって遠くに——遠くに行ってしまう。

その時、携帯電話《けいたいでんわ》が鳴る音がした。堂島の携帯だ。リビングのテーブルの上に置かれていたそれを見て、堂島は軽く眉《まゆ》を上げた。

原って子だと思った。直感で。

電話に出ながら、堂島はごく自然な何気ない動きで少しだけ体をずらした。背中を向けて、会話を俺から隠すみたいに。そうして、下見がどうとか模試がどうとかって、俺にはよくわからないことを話し始める。声に時おり笑いが混じった。

「——なあ、今晩泊《と》めてくれない？」

堂島が携帯を切った後、発作《ほっさ》的にそう言った。今まで長居をしたことはあっても、看病をした時以外は泊まっていったことはない。堂島はちょっと面食《めんく》らった顔をしたけど、特に考える様子もなく、あっさりと「いいよ」と返した。

「あいてる部屋のベッド使えよ」

「親父《おやじ》さんたちのベッドだろ？　いいよ俺、毛布貸してくれればソファで寝《ね》るから」

「ソファじゃ狭《せま》いだろ。じゃあふとん敷《し》こうか」

「……それなら堂島の部屋がいいな」

顔を見ながら、言った。目が合った堂島は、困惑《こんわく》したように一回瞬《まばた》きした。少し視線を横にずらす。でもすぐに「いいよ」と頷いた。

(堂島にとって、俺はなんだろう)

こんなにしょっちゅう一緒《いっしょ》にいて、学校の誰よりも堂島に近いのに、俺は堂島に近づけている気がちっともしない。友達にはなれていると思う。でも、それだけ。

堂島の周りにはやわらかくて透明《とうめい》な壁《かべ》がある。厚いゼリーの膜《まく》みたいなその壁の前で、俺は身動きできなくなっている。どうしたらいいのか、自分がどうしたいのかわからない。

「勉強の邪魔かな」

「いや。俺あんまり気にならない方だから。それより眩《まぶ》しかったらごめん」

もう少し勉強すると言うので、俺は先に床《ゆか》に敷いたふとんに入った。薄暗《うすぐら》い部屋の中で、デスクライトの光に堂島の背中が浮かび上がる。俺は横になって、その背中を見ていた。

家に出入りするようになってから、壁に立てかけてあった弓を見つけて話題に出して、堂島から弓道《きゅうどう》の話を聞いた。中学からずっと続けているけど、うちの高校には弓道部がないから、市立公園の弓道場に通ってるんだという。見に行っていいかと訊くとかまわないと言うので、何度か練習や大会を見に行った。

俺は堂島が弓道をしているのを見るのが好きだった。矢を射る時の堂島の意識には、きっと的とそれに対峙《たいじ》する自分しか存在していない。だからその時だけは、堂島の真ん中の部分が見られる気がした。手触《てざわ》りのいい外側の壁を削《そ》ぎ落とした、核《かく》の部分。

空に向かって伸《の》びる木みたいに、凛《りん》とした力を秘《ひ》めた背中。

——こんなふうに堂島の背中を見ることは、きっともうない。

ふとんの中で、拳《こぶし》を握《にぎ》り締《し》める。胸が引きちぎられるみたいに痛んだ。

もうすぐ終わる。砂時計の砂が落ちる。俺の手の中には何も残らなくなる。

……あの厚い膜を切り裂《さ》いて。

俺を正面から見てもらうには、どうすればいいんだろう。どうすれば、もっと内側に行けるんだろう。心に触《ふ》れられるだろう。

このままただの友達で終わったら、きっと堂島は俺をすぐに忘れる。俺は堂島の中にかけらも残れない。せめて痛みを残せるくらい近くに行けたらいいのに。忘れられないくらいに。嫌な思い出としてでもいい。俺にはもうそれ以外に方法がない。

堂島が勉強をしている数時間の間、俺は眠《ねむ》らずにずっとその背中を見ていた。背中なら、気づかれることなくいくらだって見ていられる。一分一秒が惜《お》しかった。

深夜二時を過ぎた頃《ころ》、堂島は椅子《いす》の上で大きく伸びをして立ち上がった。俺はとっさに目を閉じて眠っているふりをした。堂島は俺の寝ているふとんを足を忍《しの》ばせて回り込んで、壁を向いて着替《きが》え始めた。

そっと、目を開けた。

……あの背中。

あの腕。身体《からだ》。厚い膜に覆《おお》われた心。絶対に俺のものにはならない。

(涙《なみだ》が出そうだ)

明かりが消えて、部屋が真っ暗になる。堂島がベッドに入る、衣擦《きぬず》れの音とマットレスが軋《きし》む音がした。

「——堂島」

熱いかたまりが喉元《のどもと》までせり上がってきて、黙《だま》っていると泣くんじゃないかと思って、急《せ》かされるように名前を呼んだ。堂島が動きを止める。

「寝てたんじゃなかったのか？　やっぱり眩しかったか」

「大学に入ったら、あの原って子とつきあうのか？」

「え？」

真っ暗で堂島の表情がわからない。俺がどんな顔してるのかも、きっと堂島にわからない。

「堂島の好きなタイプってどういうの？　やっぱりああいう子がいいのか？　髪が長くて、女っぽくてかわいくて」

(男同士だから最初からだめで)

「……三浦、どうしたんだ？」

俺はふとんをはね上げて堂島のベッドに膝《ひざ》で乗った。ギシ、とスプリングが軋む。俺の胸もぎりぎりと軋む。暗闇《くらやみ》に目が慣れて、上半身を起こした堂島の顔が見えた。目を見開いていた。

(忘れられないくらいに)

心臓がどくどくと暴れて頭に血が上っているのに、どこか一部分が妙《みょう》に冷めていた。俺は追いつめられて、足を踏《ふ》み外《はず》しかけている。きっともうおしまいだ。

これでおしまいだ。

「……なあ、堂島も、好きな子のこと考えて一人でしたりする？」

「なんだって？」

堂島は形のいい眉をきゅっとひそめた。

「俺は、するよ。好きな人がいるんだけど――すごくすごく好きなんだけど、その人は絶対に俺を好きになってはくれないんだ。だから……」

顔を見られないように深くうつむいて、早口で言った。

「だから、俺を……俺を、堂島の好きな子のかわりにしてくれないか」

「……え？」

キスはできない。女の子じゃないから。俺は堂島にのしかかって、毛布を引き剝《は》がした。脚《あし》の間に手を伸ばす。ぎょっとした顔をして、堂島はその手をはらいのけようとした。

「ちょ…、何考えてんだ、三浦っ」

「い、いいだろ、少しくらい……」

堂島の近くに行きたい。もっと近く。これ以上ないくらい近くに。

さわりたくてさわりたくて、頭がおかしくなりそうだった。いや、俺はとっくにおかしくなっている。こんな想像なら、頭の中で何度もした。堂島に触れたい。透明な膜もガードも取り払《はら》った、本当の、中身が欲しい。

「うわ、ちょっとおまえ、どこさわって……い、っ」

パジャマの布地の上から触れる。そっと握ると、堂島の身体がビクンと跳ねた。一瞬《いっしゅん》、抵抗《ていこう》

がゆるむ。体を押しつけると反応がダイレクトに伝わってきて、背中の下の方がじわりと熱くなった。

顔を埋《う》めた首筋からは、風邪《かぜ》で倒れていた時と同じように、堂島の匂《にお》いがした。

「やめろ、殴《なぐ》るぞ」

「堂島、頼《たの》むから……」

「……あ、…っ」

低い、かすれて溶《と》けそうな声だった。堂島の感じた声。目が眩《くら》むほどゾクゾクした。

パジャマのズボンに手をかける。中に指を入れようとしたとたん、両肩《りょうかた》をつかまれて強い力で引き剝がされた。

「——いいかげんにしろ！」

頰《ほお》がカッと熱くなった。

音はどうしてだか、少し遅《おく》れて聞こえた。パンッ、と破裂《はれつ》するような音。

心が破けた音かと思った。

(殴られた)

ジンと疼《うず》く頰を押さえて、俺はじわりと下を向いた。

「なんなんだ、おまえ。おかしいぞ」

「……堂島」

もうだめだと思った。瞬《まばた》きをすると、涙がつうっと頰をつたった。

「──好きなんだ」

返ってきたのは、ただ沈黙《ちんもく》だった。からっぽの沈黙。からっぽだけど、重くて痛い。

「俺……ずっと堂島が好きで……へ、変だってわかってるけど、止まらなくて」

「……」

すぐそこに堂島の手が置かれていた。俺を拒絶《きょぜつ》した手。思わず、ぎゅっと握った。堂島の手は俺の手の中で、びくりとあからさまに震《ふる》えた。

「堂島……頼むから」

俺を気持ち悪いと思わないでくれ。

長い長い、間があった。壁にかけられた時計の針の音が聞こえるほどの沈黙。怖《こわ》くて、顔が上げられなかった。

「──悪いけど」

秒針の音をいくつ数えただろう。冷えて乾《かわ》いた声がした。

握った手をやんわりとはずされる。振《ふ》りはらうとかむりやり引き抜《ぬ》くとかじゃなくて、ただそっと、なかったことにするみたいに、堂島は俺の手の中から自分の手を抜き取った。

「俺、三浦のことをそんなふうに思ったことないから」

やっぱりいつも通り穏《おだ》やかなその声を、なんて残酷《ざんこく》なんだろうと思った。

「……俺が男だから」

堂島は黙っている。

「気持ち悪いんだろ？　そうなんだろう」

少しの沈黙があってから返ってきた声は、なんでもない普通《ふつう》の会話みたいに平静だった。

「気持ち悪いなんて、そんなふうには思わないけど」

落ち着いているのは心が動かないからで、他人事《ひとごと》だからこそ、優《やさ》しい言葉だった。

「じゃあ……これから考えてくれないか。少しずつでいいから。すぐじゃなくていいから……」

（せめて俺にも少しくらいの可能性は残してほしい）

顔を上げられないまま、涙が頬をつたって顎《あご》から落ちそうになる。泣き落とししてるみたいでみっともなくて、急いで袖《そで》で拭《ぬぐ》った。

堂島はしばらく黙り込んだ。衣擦れの音すらしない。それから、小さく息を吸った。

「どんなに考えても、俺がおまえのことをそういう意味で好きになるなんて、絶対にないと思う。だから、悪いけどあきらめてくれ」

「――」

絶対。

鋏《はさみ》で切られた気がした。

堂島に向けた俺の想《おも》いを、全部。

「俺はそういう恋愛《れんあい》はしないんだ」

（……そういう？　そういうってなんだ）

俺が男だから。問題外だから。異常だから。絶対にありえないから。

「ごめん。俺は別の部屋で寝《ね》るよ」

身動きもせず顔も上げない俺をおいて、堂島はベッドを降りた。部屋を横切り、静かにドアを閉める。

ほんの一パーセントの可能性もない。

「…ッ」

ドアの閉まる音で、何かの糸が切れたみたいに、ぼたぼたっと涙《なみだ》がこぼれ落ちた。

自分なんてもう、消えてなくなればいいと思った。

3

それが高三の冬のことだ。今から五年前。

俺は真夜中に堂島の家を飛び出して、歩いて家まで帰った。そのあと学校では徹底《てってい》して避《さ》けて、目も合わせなかった。そのうちに受験組は自由登校になって、卒業式で後ろ姿を見たのを最後に、堂島には一度も会っていない。第一志望の大学に合格したことは知っていたけど、卒業後どうしたのかはまったく知らなかった。

なのに、こんな形で再会するなんて。

「慎ちゃん、おかえりー。うち寄ってくれるのひさしぶりだね」

由布子さんはすごく嬉《うれ》しそうに、屈託《くったく》なく笑った。

「今月から部署異動したから」

「ああ、言ってたわよね。積算課だっけ？」

「うん。先月までは遠くの現場に行ってたから、ここにはあんまり寄れなかったけど、これからは…」

何気なく、堂島がこっちに顔を向けた。目が合った。

すっと眉《まゆ》が上がって、変わらない切れ長の目が、信じられないものを見るみたいに大きく見開かれた。数秒の間、堂島は黙《だま》って俺を見つめた。

「慎ちゃん？」

由布子さんがそっと堂島の腕《うで》に触《ふ》れる。堂島はすぐに視線を由布子さんに戻《もど》した。

「そうだ。新しい人が入ってくれたんだって話したわよね。紹介《しょうかい》するね」

由布子さんがにこにこと笑いながら俺を振り返る。彼女の言葉を、堂島は優しく遮《さえぎ》った。

「知ってるよ。三浦……三浦郁彦」

顔をこちらに向けて、堂島は薄《うす》く微笑《わら》った。

(なんで笑うんだ？)

平気な顔して。

俺の心臓はどくどくと激しく脈打っていた。自分の心音がうるさくて、耳が詰《つ》まったみたいになって二人の声が遠くなる。だけど目が離《はな》せなかった。

「えっ。なんで知ってるの？」

「高校の時の同級生だったんだ。ひさしぶりだな、三浦」

堂島が俺に笑いかける。何もなかったみたいに。

(何もなかったんだ)

堂島にとってはそういうことなんだ。そういうことにしたいんだ。

体の中がさあっと冷たくなる気がした。

「ひ…ひさしぶり」

声が喉《のど》にひっかかる。笑おうと思ったけど、笑い方を忘れたみたいにうまくいかなかった。

「えー、ほんとに？　驚《おどろ》いた。すごい偶然《ぐうぜん》だね」

「俺も驚いた」

目線を交《か》わして、二人が笑いあう。逃《に》げ出したい、と思った。

「おっ、慎一くん。しばらく見なかったじゃないか」

奥から店長が出てきた。堂島のことをよく知っているらしく、親しげに笑いかける。

「こんばんは」

「ちょうどよかった。うちのが、今日は三浦くんも夕飯を一緒《いっしょ》にと思ってたら作りすぎたって言うんだ。慎一くん、食べてってくれ。三浦くんも、いいよな？」

「えっ」

由布子さんたちの自宅は店の上階にある。店長の奥さんは、一人暮らしの俺を気《き》遣《づか》ってよく夕食によんでくれたりおかずを持たせてくれたりした。フローリスト・ジュンはそういうアットホームな店だった。店名は奥さんの順子《じゅんこ》さんって名前から来ているらしい。

「あの、俺…」

俺は必死で断る口実を探した。とにかく今はこの場から逃げたかった。

「お父さん。三浦くんと慎ちゃんってね、高校の同級生なんだって。慎ちゃんもびっくりしたって」

「へえっ。世間は狭《せま》いねえ。じゃあ積もる話もあるだろう。二人とも、食べていきなさい。ああ三浦くん、掃除《そうじ》は後でやっとくからいいよ」

「……」

善意の固まりみたいな店長の誘《さそ》いは、断るのが難しかった。結局、店長と奥さん、由布子さん、堂島の四人と一緒に、俺は水野家の食卓《しょくたく》を囲むことになった。

「慎一くん、たけのこ嫌《きら》いじゃなかったわよね。たくさん作っちゃったから、どんどん食べてね。三浦くんも、おかわりいい？　遠慮《えんりょ》しないでね。男の子がたくさん食べてくれると気持ちいいわよねー」

奥さんがごはんをよそってくれたり取り皿を渡《わた》してくれたりしながら、にこにこと笑う。

「慎ちゃん、お刺身《さしみ》わさびいるよね？　これくらい？　え、もっと？　からいよー」

「平気だよ」

隣《となり》に座って世話を焼く由布子さんに、堂島が笑《え》みを向ける。

真綿をむりやり喉に詰め込むような食事だった。味なんか全然しない。ここの人はみんな明るくて、しょっちゅう笑い声があがるんだけど、俺はその笑い声にすら耳を塞《ふさ》いでしまいたかった。

（堂島が由布子さんの恋人《こいびと》）

誰《だれ》もはっきりとは言わなかったし俺も訊《き》かなかったけど、たぶんそういうことなんだろう。両親公認《こうにん》の仲らしく、店長も奥さんも堂島のことをすごく気に入ってるみたいだった。すでに家族の一員って感じだ。

それを間近で見ているのは苦痛だった。五年も前のことなのに、まるで昨日の傷みたいにじくじくと疼《うず》く。いまさら傷つくということに、俺は二重に傷ついた。

家族の団欒《だんらん》。そこに紛《まぎ》れ込んだ異物の俺。堂島が由布子さんに笑いかけるたびに、気持ちが小さく小さくなっていく。自分が塩をかけられたなめくじになった気がした。

あの笑顔。あんなふうに笑ってもらえる人がこの世にいるんだ。大事なものを見る優しい目で。

俺には絶対に手に入らないのに――

いたたまれなくて、食後のお茶を断って俺は水野家を出た。街灯が照らす夜道を、下を向いて早足で駅に向かって歩く。すると、後ろから足音が追ってきた。

「三浦」

振《ふ》り返った俺は、ぎくりと体を強張《こわば》らせた。堂島だ。なんで追ってくるんだろう。

「……驚いたよ。三浦があの店にいるなんて」

走ってきた堂島は、軽く息を切らしていた。俺の隣に並んで歩き始める。

「卒業以来だよな。どうしてた？」

穏《おだ》やかで適当な笑顔。

(興味なんかないくせに)

「専門学校出て……就職したんだけど合わなくて、あとはいろいろ」

「そうか。あの店の人はみんないい人だろう。俺もたまに夕飯食わしてもらってるんだ」

「……堂島は、由布子さんとつきあってるんだろう？」

一瞬《いっしゅん》だけ、空気が固まった。ほんの一瞬。

「……まあな」

覚悟《かくご》はしていても、本人から聞かされるとずんと重く胸にきた。

「三浦は？　つきあっている相手はいるのか」

どこか探《さぐ》るような声だった。俺はちらりと堂島を見上げて、すぐに視線を逸《そ》らした。

そんな、安心したいみたいに訊かないでほしい。堂島がなんでわざわざ俺を追いかけてきたのかわかった。あれはもう昔の話だろうって確認したいんだ。

「べつにいないけど……」

「……そうか」

沈黙《ちんもく》が落ちる。

堂島は中規模のゼネコンに就職したってことだった。大学では建築を専攻《せんこう》していたらしい。この春の異動で、積算課っていう「大まかにいうと見積もりを作る部署」に配属されたんだそうだ。先月までは営業で現場回りをしていて、担当の現場が遠かったせいでいつも終電ぎりぎりだった、と食事中に話していた。

由布子さんたちと食事をしている間も、今も、俺は堂島の顔をまともに見ることができなかった。少し頰《ほお》がこけたかな。形のいい眉と涼《すず》しい目は変わらない。スーツがよく似合っていて、ふらふらしている俺に比べてすっかり一人前の社会人って感じだ。だけど笑い方はやっぱり人見知りの子供みたいだ――ちらちらと盗《ぬす》むように見てそんなことを思っては、気づかれないようにさっと視線をはずした。

「じゃあ、俺はこっちだから……。またな、三浦」

駅の改札口で、帰る方向が違《ちが》うことに少しほっとした様子で、堂島は軽く片手を上げた。

俺に背を向けて、反対側のホームへ向かう。人ごみに紛れようとする後ろ姿。初めて見る、スーツの背中。

さっきは見られなかった。でも今は、俺はその場に立ち止まって雑踏《ざっとう》に見え隠《かく》れする後ろ姿を目で追った。

……あの背中は見分けられる。ずっと、長い間見つめ続けたから。

勝手に速くなる鼓動《こどう》を抑《おさ》え込むように、シャツの左胸をぎゅっと押さえた。

(由布子さんの恋人なんだから)

駆《か》け下りた。
背中が完全に見えなくなる一瞬前に、視線を断《た》ち切った。くるりと踵《きびす》を返して、俺は階段を
「……わかってるよ」

「しかし、三浦が花屋ねえ。聞いた時は意外に思ったけど、けっこう似合いな気もするな」

アイスコーヒーの残りの氷をガリッと噛《か》み砕《くだ》いて、志野田は言った。

友人の志野田は、事務機器メーカーで経理の仕事をしている。理系で理屈《りくつ》っぽいわりに友達思いのところがある奴《やつ》で、俺が仕事を探している時はよく相談に乗ってくれていた。

嫌味《いやみ》なくらいに晴れわたった、春らしい日曜の午後だった。街はどこへ行っても人でいっぱいで、今俺たちのいるファストフード店も客席のほとんどが埋《う》まっている。店内は客の喧騒《けんそう》と明るく無意味なBGMに包まれていた。

新しいパソコンを買いにいくからつきあえよ、と言われて志野田に引っ張り出された帰りだった。俺はなんとなくストローの紙袋《かみぶくろ》を指先でもてあそんでいた。蛇腹《じゃばら》に小さくたたんで、ストローから水を一滴たらす。うねうねと身をよじりながら伸《の》びる紙袋を、頬杖《ほおづえ》をついてぼんやりと眺《なが》めた。

「おい三浦、聞いてる？」

「あ、ごめん。何？」

顔を上げると、志野田は大げさにため息をついた。

「うわの空だなあ。仕事、うまくいってないのか？　職場に合わない相手でもいるとか？」

「いや、そんなことない。みんないい人だよ」

俺は曖昧《あいまい》に笑った。

嘘《うそ》じゃない。みんないい人だ。水野家の人たちは堂島を家族同然に思っていて、堂島は頻繁《ひんぱん》に帰宅途中《とちゅう》の駅にある店に顔を出すようになった。堂島の性格からしてあからさまにベタベタはしないけど、それでも仲がいいのは窺《うかが》える。由布子さんは俺や堂島のひとつ年上だけど、年齢《ねんれい》よりもずっと大人びてしっかりしている堂島に、安心して頼《たよ》っている雰囲気《ふんいき》だった。

これからずっと顔を合わせるんだろうか。あの店に勤め続ける限り。

やっと見つけた、打ち込める仕事。由布子さんのことは、先輩《せんぱい》としても人としてもとても好感を持っているけど——

外は気持ちのいい快晴なのに、考えれば考えるほど心がどんよりと曇《くも》っていく。俺は何度めかのため息をこぼした。その時だった。

「勝手なことばかり言わないでよ！」

客のざわめきの間を縫《ぬ》うようにして、女の子の鋭《するど》い声が飛んできた。怒《おこ》った声だ。

「アキはそうやって言い訳ばっかり。もう電話しないでって、私言ったわよね？」

そんなに大きな声じゃなかった。それでも耳についたのは、聞き覚えのある声だったからだ。

三つ離《はな》れたテーブル。女の子はこちらに背を向けている。その向かいに、ひょろりと背の高い若い男が座っていた。鉄錆《てつさび》みたいなくすんだ赤い色の髪《かみ》が、ぱっと目についた。

「どうした？　知り合い？」

志野田が体をねじってそちらを覗《のぞ》き込んだ。

「違うかもしれないけど……」

顔は見えないからわからない。声が似てるだけかもしれない。髪の長さも同じだけど。単なるカップルの痴話喧嘩《ちわげんか》にしては、深刻そうな雰囲気だった。男はしかめ面《つら》をしている。そのテーブルだけ重い空気が漂《ただよ》っていた。

「私、もう帰る」

女の子が立ち上がった。赤い髪の男が座ったまま腕《うで》を伸ばして、「待てよ」と女の子の手首をつかむ。彼女は体を捻《ひね》るようにして無言で抵抗《ていこう》した。ファストフード店の狭《せま》いテーブルを挟《はさ》んで、しばらく手の引っぱり合いが続いた。

「放してよ…っ」

怒っているんだけど、泣き出す寸前のような震《ふる》えた声だった。男がぎゅっと顔を歪《ゆが》ませる。髪は派手だけど、わりに整った顔立ちの男だった。ガタッと大きく椅子《いす》を鳴らして立ち上がって、強引《ごういん》に女の子の肩《かた》を引き寄せて抱《だ》きしめた。

二人の間でテーブルが揺《ゆ》れて、プラスチックのコップが転がり落ちる。

近くのテーブルの客がびっくりした顔で見つめていた。女の子が腕の中でもがく。次の瞬間《しゅんかん》、パンッと乾《かわ》いた音がして、男が腕を放した。呆然《ぼうぜん》とした顔で頬を押さえる。ひっぱたかれたらしい。

「…ばかっ」

言い捨てて、女の子はくるりとこちらを向いた。長い髪とフレアスカートが翻《ひるがえ》る。そのままカッカッと靴《くつ》を鳴らして通路を歩いてきて、俺のテーブルの横でぴたりと立ち止まった。

「……三浦くん」

涙《なみだ》の滲《にじ》んだ目と紅潮した頰。由布子さんは、びっくりしたように俺の名前を呼んだ。


「昨日はみっともないところを見られちゃったね」

そう言って、恥《は》ずかしそうに由布子さんは眉《まゆ》を下げた。

店長が市場で仕入れてきた大量の花を水あげしているところだった。水を張ったバケツの中に新聞紙でくるんだ花の茎《くき》を浸《ひた》して、根元から数センチ上をできるだけ斜《なな》めに花鋏《はなばさみ》で切る。数秒水に沈《しず》めたままにしてから、隣《となり》のバケツに移し替えていく。枝ものは、先に十字の切り込みを入れて少し広げる。花鋏の扱《あつか》いも最初は慣れなかったけど、今はどんなものでもたいして力を使わずに切れるようになった。

開店直後のバタバタが一段落して店長が配達に行ってしまうと、店は俺と由布子さんの二人だけになる。最初は黙々《もくもく》と作業をしていたんだけど、気まずくなったのか、由布子さんの方から話題を出してきた。

「あの、俺、堂島に言ったりしませんから」

やっぱり気になるかなと思って言うと、由布子さんは「あはは」と笑って首を振《ふ》った。

「ううん。いいの。慎ちゃんは知ってるから」

「え…、知ってるんですか?」

「あの人ね、前に…その、つきあってた人なんだけど、幼なじみで近所に住んでるから、もう別れたのになんかずるずるしちゃって……私も優柔不断《ゆうじゆうふだん》でよくないんだけど。それで、夜中に近くの路上で揉《も》めてたことがあって、仕事で通りかかった慎ちゃんが助けてくれたの」

痴漢《ちかん》だと思ったらしいんだけど、と由布子さんはふふふと笑った。

「それが慎ちゃんと知り合ったきっかけなのね。だから慎ちゃんは、よっぽど忙《いそが》しくなければ、なるべく仕事帰りにここに寄ってくれるの。アキが私につきまとわないように。…あ、アキって昨日の人のことだけど。アキは痴漢と間違《まちが》われて殴《なぐ》られたせいで、慎ちゃんが苦手なのよ」

鉄錆色の髪をした昨日の男を思い出した。けっこう二枚目だったけど、少し吊《つ》り気味の目が我が強そうで、一歩間違ったら何をするかわからない危なげな雰囲気があった。赤い髪は染めているんだろう。会社勤めじゃなさそうだ。堂島はあの男を殴ったのか。

「堂島、かっこいいなあ。正義のヒーローみたいだ」

「ほんとにね。慎ちゃんはヒーローみたいだよね」

うつむいてくすりと笑った後、由布子さんは「絵本の中の人みたい」とぽつりと呟《つぶや》いた。

「……この子たち、そろそろかなあ」

店頭に並べてある花の中から取り除いてきた、少し萎《しお》れかけた花だった。元気のなくなった花弁に、由布子さんは指先でそっと触《ふ》れる。

「捨てちゃうんですか？」

「ううん、そんな。かわいそうだもんね。湯あげして、深水《ふかみず》してみよう。薔薇《ばら》は焼くのがいいかな」

水あげしてもみずみずしさが戻《もど》らない花は、お湯の中であげたり茎の先端《せんたん》を焼いたりすると、水を一気に吸い上げて元気が戻る。それでもそういう花はもう長くはもたないから、売り物にはできなかった。

「せめてお店のディスプレイとしてがんばってもらおう。今日が終わったら家の方に飾《かざ》ることにするわ。三浦くんも、よかったら少し持っていってね」

「はい」

由布子さんはすごく花を大切にする。薔薇やチューリップはひらいたらもう売れないんだけど、そういう花も捨てたりしないで、最後まで飾ろうとする。花を「この子たち」って呼んで丁寧《ていねい》に扱って、できるだけ長く綺麗《きれい》に咲《さ》けるように、花ごとの扱い方についてもすごくよく勉強していた。

「切り花って人間のエゴで育てて切り取ってるんだものね。枯《か》れたらそこで終わりだし……。だから、せめて咲いてる間は綺麗だねって思ってもらえるようにしてあげたいの。この子たちは人を優《やさ》しい気持ちにするために生まれてきたんじゃないかなあ…って、これもエゴだけど」

……こういう人なら、堂島だって好きになる。あたりまえだ。優しくして、大事にして、守ってあげたくなるだろう。

(絶対にだめだ)

薔薇の棘《とげ》を親指で押すようにして折り取りながら、俺は呪文《じゅもん》みたいに(だめだ、だめだ)と頭の中で繰《く》り返した。

堂島は由布子さんのものだ。わかっている。だから変なことを考えちゃいけない。

店はずっと人手不足だったから、由布子さんは俺が来たことをすごく喜んでくれている。俺だって、できればこの仕事をやめたくない。

この店で働くなら、二人を見続けなくちゃいけないんだから——

「いた…っ」

パキパキと勢いよく折っていたら、親指の先にちくりと痛みが走った。見ると、指の腹に小さく赤い点が浮《う》いていた。

「棘、刺《さ》さっちゃった? 大丈夫《だいじょうぶ》?」

「大丈夫です」

絆創膏《ばんそうこう》取ってくるね、と由布子さんはぱたぱたと奥の事務所に消えた。

(なんだよ、もう…)

棘取りすらうまくできない。情けなくて、唇《くちびる》を噛《か》みしめた。赤い点は見る間に膨《ふく》らんで、南天の実みたいな血の玉になった。

普通《ふつう》にしていよう。そう決心した。普通。ただの、元クラスメイト。そうすれば堂島も安心するだろう。

店に来る堂島と、俺はできるだけ何気なく会話をするようにした。〝普通の元クラスメイト〟として、同窓生の近況《きんきょう》を噂《うわさ》したり、くだらないどうでもいい話で笑ったり。

そのうちに、堂島も気楽な様子で俺と顔を合わせるようになった。再会した頃《ころ》の、内心で身構えた感じが薄《うす》れていっている。本当に高校の頃に戻ったみたいだった。卒業前の出来事なんか何もなかったように。

(これでいいんだ)

これで、誰《だれ》も嫌《いや》な思いをしないですむ。

「堂島って、昔から建築の仕事がしたかったのか?」

堂島が店に寄った日は、決まって俺も一緒《いっしょ》に夕飯によばれるようになった。そのあと、一緒に駅まで帰る。これも習慣になった。

「俺、細かい計算や仕事を積み上げて大きいものを造るっていうのが好きなんだ。なんか達成感があるだろ? 細密に作られた設計が実際の形になっていくのを見るのって、おもしろいよ」

「設計の方へ行きたいとか?」

「そうだな。できれば。でも積算も勉強になるし」

淡々《たんたん》とした口調。昔と変わらない横顔。

以前と同じ。何も変わらない。俺と堂島の間には、何もなかったんだ。俺が胸の奥にしまい込んだ気持ちもみんな、なかったことと同じ。

「見積もり作るんだろう？　細かそうだなー。俺はきっと向かないな。就職もだめだったし」

「三浦は今の仕事が好きなんだろう？」

堂島は視線をこっちに向けた。

「由布子もそうだけど、三浦も花を扱っている時、いい顔してるよ。やっと自分に合った仕事を見つけたって言ってただろう。よかったな」

黙《だま》っていると少し近寄りがたく見える目をやわらかく細めて、堂島は笑った。雲間からこぼれる光みたいに。

こんな笑顔《えがお》を見ることはめったにない。堂島は高校生の頃から感情の揺《ゆ》れ幅《はば》が小さくて、だからたまたまこぼれ出た生の表情を見るたびに、俺は嬉《うれ》しくてドキドキしていた。

だけどこの心臓の鼓動《こどう》もささやかな嬉しさも、あっちゃいけないものだ。

（……それなら、なかったことにされた気持ちはどこにいくんだ？）

いつも通り、改札の手前で堂島と別れる。やめられない悪習みたいに、俺は人ごみに消える背中を目で追った。これは癖《くせ》だ。ずっと、背中を見つめることだけが俺にできる唯一《ゆいいつ》のことだったから。

（でも見ちゃいけない）

（せめて見るくらいなら）

（見たってしょうがないだろ？）

俺の中で複数の気持ちがせめぎ合う。その声をぎゅっと抑《おさ》えつけて、俺は小さくなる背中から無理やり目を逸《そ》らした。

4

五月の母の日は花屋のかき入れ時だ。

事前にたくさんの注文が入っても、花は生ものだから前日にしか活《い》けられない。それまではカゴやオアシスの準備をして、母の日当日の二日前から、発送分のアレンジメントを作り始めた。次の日に宅配便で出して、その日は配達分と店頭に置く分のアレンジを作る。店内は色とりどりのカーネーションでいっぱいになった。

通常の仕事の合間にやるわけだから、普段の数倍忙しい。店長は配達に出ずっぱりで、いつもは奥で事務を手伝っている奥さんも店に出ていた。

決まった形のアレンジだったら俺にも作れるけど、複雑な注文はどうしても由布子さんが対応することになる。がんばり通しで疲《つか》れが出たのか、母の日が終わった翌日、由布子さんは軽い熱を出してしまった。午前中はなんとか店に出ていたものの、ずいぶんつらそうだったので、午後は休んでもらうことになった。

「ごめんね。迷惑《めいわく》かけて。忙《いそが》しかったら降りてくるから呼んでね」

「何言ってんの。お店は私が手伝うから、あんたはゆっくり寝《ね》てなさい」

奥さんに引っぱられて、申し訳なさそうに由布子さんが階上に引っ込む。なのにしばらくすると、あわてた様子で俺のところへ来た。

「あのね、今日、慎ちゃんが来るの」

「あ…、そうですか」

「それでね、お店をちょっと早退してお芝居《しばい》を見に行くことになってたんだ。チケットももう取ってあるの。三浦くん、もしも用事がなかったら、慎ちゃんと一緒に行ってあげてくれない？」

「えっ…」

由布子さんは俺に、日付入りで発券されたチケットを二枚差し出した。

「私が見たかったお芝居だから、慎ちゃんは興味ないかもしれないけど……でもチケットもったいないし、けっこうおもしろいと思うの。慎ちゃんと三浦くん、仲いいみたいだから」

(仲がいい)

そう見えるのか、って思った。

「……でもあの」

口ごもっていると、由布子さんは立っているのがつらそうに息をして壁《かべ》に手をついた。鉢ものの手入れをしていた店長が、「由布子、寝てなさい」と少し叱るような声を出す。

「はい。三浦くん、慎ちゃんにごめんねって伝えて、これ渡《わた》してくれるかな。それで、時間があったらでいいから、よかったら行ってあげて。ね？」

ふらふらしている由布子さんをこれ以上引き止めるわけにもいかなかった。差し出されたチケットを受け取ると、由布子さんは安心したようににこりとして、今度こそ本当に自分の部屋に休みにいった。

堂島はこのところ残業が多いらしく、店に寄る頻度《ひんど》が減っている。それでも由布子さんとは電話をしたり休日に会ったりしてるんだろうけど、俺にはわからない。仕事が忙しいんじゃないかな、間に合うようには来られないんじゃないかな、と時計の針が進んで陽《ひ》が傾《かたむ》くにつれて、俺は思った。間に合わなければいいのに。

だけど堂島は、きちんと芝居に間に合う時間に店に来た。そういうところはきちんとしている。俺が事情を説明すると、「熱？」と心配そうに眉《まゆ》をひそめて、「ちょっと様子見てくる」と階上に上がっていった。

「たいしたことないって言ってるけど、起き上がるのはつらそうだな」

戻《もど》って来た堂島は、ひそめた眉はそのままに軽く息をついた。

「芝居は三浦と行けって言ってる。三浦、都合はいいか？」

「えっ…と」

前に立って、堂島がじっと顔を見つめてくる。俺は思わずうつむいた。

事情を知っている奥さんと店長は、お店の方は大丈夫だから行ってらっしゃい、とにこやかに俺を促《うなが》す。どうしたらいいのかわからなくなって黙っていると、エプロンの胸ポケットに入れていた二枚のチケットを、堂島が指ではさんですっと取り上げた。

「都合が悪かったら、いいんだ。一人で行ってくるから」

堂島は軽く俺に笑いかけた。

「あ、でも…」

(のこのこと出かけていくなんて)

(友達だったら、べつに普通だろう?)

(そんなこと言って、本当は一緒に行きたいんだろ)

(だって普通の友達なんだから)

言い訳する声とやめておけという声と。どっちも本音だった。俺の中にはいつも複数の俺が住んでいる。こうしようと決めて本当にそれ以外のことを考えなくてすむなら、どんなに楽だろう。

だけど俺は弱い。迷ったふりを見せたくせに手を引っ込められると追いかけたくて、俺は発《ほっ》作《さ》的に「行く」と口走っていた。

「由布子はこういうの好きなんだけどさ……」

入り口で渡されたパンフレットをぱらぱらとめくりながら、堂島は呟《つぶや》いた。

「俺、時々寝ちゃうんだよな」

俺はつい吹《ふ》き出した。

「笑うなよ。特に今、残業が多くて疲れてるからさ……」

こぢんまりとしたホールだった。客席はそこそこ埋《う》まっている。真ん中より少し後ろの座席に、堂島と並んで座った。

ホールに着くまでの間、俺はやたらと明るく、ひっきりなしに喋《しゃべ》った。友人なんだから、一緒《いっしょ》に出かけるのなんて普通《ふつう》だ。べつに由布子さんに隠《かく》れて会っているわけじゃない。それでもどこかうしろめたくて、そのうしろめたさを打ち消すために、俺はくだらないことをハイテンションで喋った。〝友人〟を強調するように。

だけどこんなふうに並んで座っていると、やっぱり俺の心臓は勝手にドキドキする。店で由布子さんたちと一緒に会っているのとは違《ちが》う。すぐ隣《となり》で呼吸する体。俺にだけ向けられる笑顔。

「ちょっと飲み物買ってくる」

堂島は席を立ってホールを出ていった。ほどなく戻ってきて、腰《こし》を下ろしながら俺に紙コップを差し出した。

「あ。サンキュ。金払《はら》うよ」

「いいよ。つきあってもらってるから」

「いや、でも」

「じゃあ、もし俺が寝ちまったら、その口止め料ってことにしてくれよ」

堂島はめずらしくいたずらめいた顔で、にやりと笑った。

「あ…うん」

受け取ったコップの中身は炭酸飲料だった。細かい泡《あわ》が涼《すず》しげに水面ではじけている。ひと口飲むと、冷たくて少し甘かった。

……人づき合いが好きじゃなさそうに見えるけど、堂島は恋人《こいびと》相手には意外に気がきくのかもしれなかった。きっとさりげなく、相手に負担をかけないように優《やさ》しくできるんだろう。

「それで、後でどうだったか教えてくれ。たぶん由布子が感想聞かせろって言うからな」

スーツの上着を脱《ぬ》いでネクタイを少しゆるめて、堂島は背もたれにどさりと体を預けた。

開演のブザーが鳴ると、ざわざわしていた客席がふっと静まり返った。すうっと溶《と》けるようにライトの光が消えていく。暗くなる前にちらりと見ると、隣の堂島は前を向いて真面目《まじめ》な顔をしていた。

舞台《ぶたい》ってあまり見たことがなかったけど、セリフや展開のテンポがよくて、なかなかおもしろいストーリーだった。人が目の前で演技をしているのを見るのって、映画とは違った迫力《はくりょく》がある。けっこう引き込まれて見ていて、時間がたってからふと横を見ると、堂島の頭が傾いていた。

(あ、ほんとに寝てる)

目を閉じて腕《うで》を組んで、すっかり体の力が抜《ぬ》けている。本人の言葉通り疲れてるんだろうなあと、組んだ脚《あし》から落ちかけていた上着をそっと直した。その時、堂島が浅く身じろぎした。

「ん……」

小さな生き物みたいに、胸の中でぴくりと心臓が跳《は》ねた。

伏《ふ》せた睫毛《まつげ》。かすかに開いた唇《くちびる》の隙間《すきま》から漏《も》れる吐息《といき》。

——……三浦。

ぞくりとした。

あの、風邪《かぜ》をひいていた堂島が覆《おお》いかぶさってきた時の、熱っぽい体の重みを思い出した。手のひらに感じた素肌《すはだ》の感触《かんしょく》。ぬるい浅い呼吸。

俺はあわてて目を逸《そ》らした。

(思い出すな)

俺はあさましい。なんでこんな、何年も前の記憶《きおく》を後生大事に持っているんだろう。さっさと捨てればいいのに。

前に向き直って、舞台に意識を集中しようとした。だけどそれまではなんともなかったのに、いったん意識し始めると、俺の全神経は隣の堂島に向かった。暗闇《くらやみ》の中、ほんの少し手を伸《の》ばせば届くところにある体。静かな寝息《ねいき》。体温まで届きそうだ。

目は舞台を見ているのに、セリフがちっとも頭に入ってこない。堂島は完全に寝入《ねい》っていて、うつむいた頭が少しずつ俺の方に倒《たお》れてきた。そして、こめかみがコトリと俺の肩《かた》に落ちた。

「…っ」

シートの上で、俺はぎゅっと体を縮めた。

肩にかかる重み。堂島の重み。くせのない髪《かみ》が首筋の皮膚《ひふ》を撫《な》でる時に、どんな感じがするのか知っている。この体を抱《だ》きしめた時、時間が止まればいいと思った——

(……だめだ)

一度にたくさんの息を吐《は》くとそれだけで堂島を起こしてしまいそうで、誰《だれ》かから隠れているみたいに、俺は細く細く長く息を吐いた。

(今だけ。少しだけ)

せめてこの時間が、少しでも長く続けばいい。

——どうして俺はこんなに堂島が好きなんだろう。

好きにならないための理由ならいくらだってある。同性なのに。五年も会わずにいたのに。他《ほか》の人のものなのに。

体はいつも心を裏切る。あんなに何度も言い聞かせたのに、ちっとも言うことをきいてくれない。腹が立つほど正直だ。

堂島が好きだ。

あらためて思い知った。好きだ。好きだ。好きだ。

他の言葉では表現しようのない気持ちが水のように湧《わ》き出てきて、全身を満たす。それは頭じゃなくてもっと体の真ん中の、心臓よりも胃よりもずっと奥の方からあふれ出てくる。痛いような、あたたかいような、せつないような。水ならきっと塩辛《しおから》いに違いない。頭のてっぺん

から爪先《つまさき》までいっぱいになって、今にもあふれてこぼれそうだ。

涙《なみだ》が出そうなこんな気持ちは、堂島のそばでしか生まれない。会わなかった五年の間、俺は結局誰のことも好きになれなかった。苦しさも胸の痛みも、ささやかな嬉《うれ》しさも、堂島のそばにしかない。

どうして好きなのかなんて知らない。わからない。ただ好きなだけだ。理由もわからないし行き先もわからない。無駄《むだ》だってわかっていても、もうどうしようもない。

(好きでいるだけだから、許してくれ)

心中で囁《ささや》いて、肩口《かたぐち》にある堂島の寝顔《ねがお》を見つめた。そのひたいや頰《ほお》やわずかに開いた唇に、触《ふ》れたくて触れたくて、胸の底がチリチリと疼《うず》いた。

暗闇をいいことに、そっと指を伸ばす。ほんの少し前髪《まえがみ》に触れて、すぐに引っ込めた。堂島は動かない。気づかれていない。顔を覗《のぞ》き込んで、指の背でそうっと頰に触れてみた。

(せめて今だけ)

今だけ許してもらえないだろうか。誰も見ていないし、堂島は眠《ねむ》っている。少しくらいなら、このまま一人占《じ》めしても——

その時、頭の中に警告のライトのように、由布子さんのふんわりと笑った顔が浮《う》かんだ。

唇を嚙《か》みしめて、俺は堂島の頰から手を引いた。

「よく寝《ね》た」

肩に手を置いてぐるぐると腕を回して、満足そうに堂島は息を吐いた。舞台はカーテンコールも終わって幕が下り、観客たちが席を立って出口に向かっている。

「ほんとだよ。ほとんど観《み》てなかっただろ」

「だから口止めしただろう？」

堂島が笑う。笑いかけられるたびに、俺は苦しくなる。そしてそれと同じくらい、嬉しくなった。

ホールを出て、適当な店に入って軽く食事をした。食べながら、俺はどんなに芝居《しばい》がおもしろかったかを、身振《みぶ》り手振《てぶ》りつきのオーバーアクションで堂島に話して聞かせた。本当は途中《とちゅう》からあんまり集中してなかったんだけど。

帰り道で、堂島は開いていた洋菓子《ようがし》店に立ち寄ってゼリーのセットを買っていた。由布子さんへのおみやげだと言って。帰りに寄るつもりなんだろう。乗り換《のりか》え駅で、俺は堂島と別れて家に帰った。

心には形がないから、きっと底なしで貪欲《どんよく》にできている。その日以来、好きだという気持ちが心に居座って、目も耳も止めようもなく堂島を追うようになった。姿が見たい。声が聞きたい。話したい。笑ってほしい。そばにいたい――

そばにいて笑ってくれるだけで、なんでこんなに嬉しくなるんだろう。あの目や声の何が、俺をこんなにも浮き立たせるんだろう。何が他の人と違うっていうんだろう。

（わからない）

でも笑ってほしい。そばにいてほしい。

さわりたい。

（あの手で）

さわってほしい。

……望みは絶対に口に出さない。俺の望みは誰のこともしあわせにしないから。あっちゃいけないものだから。

だから言わない。絶対に。絶対に。

表面上は何も変わらないまま、新緑の季節は終わって雨の季節になった。日ごとに色を変える紫陽花《あじさい》や、湿度《しつど》の高い空気の中に濃厚《のうこう》な香《かお》りを立ちのぼらせるくちなしがフローリスト・ジュンの店頭を飾《かざ》る。

弱い雨が一日中降ったりやんだりしている、肌寒《はださむ》い日のことだった。店長が夕方から商店街の会合で留守にしていて、俺は店のライトバンで配達に出ていた。

花束や大きな鉢物《はちもの》の配達をすませて、次に定期的に花を買ってもらっているお得意様のところを回る。最後に行ったのはいわゆるナイトクラブで、配達するだけじゃなく持っていった花を玄関《げんかん》やテーブルに活《い》けてくるんだけど、俺が行くとお店の女の人たちにやたらに歓迎《かんげい》されてかまわれてしまう。予定より時間がかかってしまい、俺は急いで店に帰った。そろそろ後片付けをして閉店する時間になっていた。

駐車場《ちゅうしゃじょう》は店の裏手にある。車を停《と》めて横道を回り込み、店に入ろうとして、ふと足を止めた。

赤い髪の後ろ姿。鉄錆色《てつさびいろ》の。前に見たことのある男だ。由布子さんの、元恋人。たしか名前はアキ。その男が店内にいて、由布子さんの前に立ちはだかっていた。

「だからどうすればいいのか教えてくれって言ってんだろ！」

自動ドアを通してもよく響《ひび》く、低くて通りのいい声だった。びくりと震《ふる》えた由布子さんの肩を、男は両腕《りょううで》でつかむ。すがりつくように胸に頭を伏せた。

「オレにはおまえしかいないんだよ……」

聞いている方が胸苦《むなぐる》しくなるような、悲痛な声だった。由布子さんは肩をつかまれたまま男をじっと見下ろしている。でも唇の端《はし》がこまかく震えて、今にも泣き出しそうだった。

俺はなんだか間の悪いところにばかり行きあたっている。でも近所に住んでいるらしいから、アキは由布子さんが一人になるのを見計らっていたのかもしれなかった。

どうしよう。由布子さん困ってるみたいだし、ここは何気ないふりで「ただいま」って大きな声を出して助けるべきだろうか。

息を吸って一歩踏《ふ》み出そうとした時、後ろからぐっと肘《ひじ》をつかまれて止められた。振《ふ》り向《む》くと、紺色《こんいろ》のスーツがさっと俺を追い越《こ》した。

「あ…」

（ヒーロー登場）

「由布子」

自動ドアの開く音に、二人がさっと振り向いた。

アキという男は、キッと眉《まゆ》を吊《つ》り上げて堂島を睨《にら》みつけた。目尻《めじり》の切れ上がった目が、尖《とが》った刃物《はもの》みたいだ。堂島とは正反対のタイプだ。

「慎ちゃん」

由布子さんは体をねじって、つかまれた肩をむりやり振りほどいた。小走りに堂島に駆《か》け寄る。堂島のスーツの袖《そで》を握《にぎ》って、腕に顔を伏《ふ》せた。

完全に、アキが悪者で堂島がアキから由布子さんを守るって構図だった。二人が睨み合う。

アキの方は敵対心を丸出しにしているのに、堂島の目は静かだった。

「……ちくしょう…ッ」

しばらくたって、アキがギリッと歯噛《はが》みした。そして手近の棚《たな》にあったアジアンタムの鉢《はち》を、乱暴に片手で払《はら》い落とした。

「アキ！」

由布子さんが悲鳴を上げる。ガッと鈍《にぶ》い音がして、床《ゆか》に落ちた素焼《すや》きの鉢が割れて土が床にこぼれ出た。

「なんてことするの」

アキは答えず、背を向けて店から出て行く。苛立《いらだ》ちを見せつけるような荒《あら》い足取りだった。

「ひどい……」

由布子さんはさっとかがみ込んで、根の露出《ろしゅつ》したアジアンタムをそっと拾い上げた。立ち尽《つ》くしていた俺は、ようやくその時になって動き出した。

「手伝います」

「三浦くん」

俺がいることに初めて気がついたらしい。由布子さんはちょっと驚《おどろ》いたように瞬《まばた》きしてから、ぎこちなく口元を緩《ゆる》めた。

「いいのよ。アキのやったことの後始末は、お店の仕事じゃないんだから」

「でも二人でやった方が早いですから。由布子さんは、それ新しい鉢に植《う》え替《か》えてください。こっちの片付けは俺がやりますから」

床に膝《ひざ》をついて、割れた鉢の破片《はへん》を拾い集める。しゃがんだまま動かずにいた由布子さんが、ぽつりと呟《つぶや》いた。

「ごめんね。三浦くんも、慎ちゃんも。……アキ、なんでこんなことするんだろ」

昔はあんなじゃなかったのに、と言った声は、なんだか寂《さび》しそうに聞こえた。

顔を上げると、うつむいた由布子さんの白い頬を涙《なみだ》が一粒《ひとつぶ》こぼれ落ちるのが見えた。ぱっと立ち上がって、由布子さんは後ろに立っていた堂島の胸に飛び込んだ。

堂島が肩《かた》にそっと手をおく。とても大切そうに、壊《こわ》れ物を扱《あつか》うみたいに。

俺はしゃがみ込んだまま、ぼんやりと二人を見上げた。

似合いだな、と思った。背の高いヒーローと、華奢《きゃしゃ》なヒロイン。

(ドラマみたいだ)

二人を見ていると、俺の心はどんどん重く沈《しず》み込んでいく。灰が降り積もるみたいに。胸の中が灰色一色になって、息苦しくてどうしようもなくなる。

アキというあの彼は、きっと本当に由布子さんのことが好きなんだろう。その強い思いは悪い方向にばかり出ているけど、「オレにはおまえしかいない」という言葉は、真実心の底から発せられているように思えた。

あんなに誰《だれ》かに想《おも》われることなんて、そうはない。だけど由布子さんはそれを振りきって、堂島の胸に飛び込んだ。堂島もそれを優《やさ》しく受け止めている。

(そんなに何もかも一人占《じ》めしなくてもいいじゃないか)

せめてひとつくらい。

あれが、あの腕が、もしも俺のものなら――

はっと我に返った。堂島の静かな目が、由布子さんの肩越《かたご》しに俺を見ていた。

俺は急いで下を向いて、土《つち》に汚れた自分の手に視線を落とした。

心臓がどくどくと強く鳴る。

(見られたかもしれない。気づかれたかもしれない)

俺は今、どんな顔をしていただろう。

俺の中で、灰に埋《う》もれた小さな火みたいにくすぶる感情。今生まれたものじゃなくて、きっとずっと前からあって、でも見ないふりをしていたものだ。

それはまぎれもない、嫉妬《しっと》、だった。

桜は潔《いさぎよ》く散るからこそ綺麗《きれい》だなんて言われるけど、片想いが叶《かな》わないからこそ綺麗だなんて、そんなの大嘘《おおうそ》だ。

だって俺の心は汚《きたな》い。

由布子さんは優しくていつもにこにこしていて、仕事熱心で、誰にでも好かれてあたりまえの人なのに。俺はすごく親切にしてもらってるのに。

由布子さんがいたっていなくたって、堂島は俺を好きにならない。そんなの高校の時に思い知ったじゃないか――……

俺は弱い。心が弱くなるとその隙間《すきま》から、考えないようにしていたことがじわじわと滲《にじ》み出てくる。

もしも俺が女だったら。そうしたら、少しは可能性があっただろうか。頭から否定されずにすんだだろうか。由布子さんと同じ場所に立てたのかな。俺にはどうしようもないことなのに、最初から男ってことだけで――

視界がどんどん曇《くも》っていく気がした。汚れたガラスみたいに、灰色に曇って見るもの全部を汚《よご》してしまう。

わりきっていたはずなのに、俺は日増しに由布子さんと一緒《いっしょ》の職場で働くことが苦痛になっていった。だけどそんなことを思う俺の方が間違《まちが》っている。こんなことを考えたくない。考えちゃいけない。でも止められない。制御《せいぎょ》できない感情に比例して、自分のことがますます嫌《きら》いになっていった。

(俺は最低だ)

そして堂島は、すべてを見透《みす》かしているような気がした。

堂島が何を考えているのかなんていつもわからない。でも静かな切れ長の目に、見られたくない心の奥底まで見通されているように感じる。俺がまだ堂島を好きなことも、俺の汚さも。

無意識に堂島を目で追っていると、堂島がふっと振り返る。目が合って、俺はあわてて視線を逸《そ》らす。そうすると、伏せたひたいや後ろを向いた首筋の皮膚《ひふ》あたりに、しばらく視線を感じるようになった。探《さぐ》るような。

そういうことがあった後はたいてい、堂島は由布子さんに優しくなる。近寄って内緒話《ないしょばなし》みたいに小声で話したり、髪《かみ》に指で触《ふ》れたり。

まるで俺に見せつけるみたいに。見たって無駄《むだ》だと、駄目押《だめお》しをするみたいに。

こんな惨《みじ》めなことがあるだろうか。もうやめたい、と何度も思った。これ以上ここにいたくない。

だけどこの店をやめたら、もう堂島に会えなくなる。姿を見ることも言葉をかわすこともなくなる。あの目もあの声も笑い方も、二度と……

(バカみたいだ)

自分のどうしようもなさに涙が出た。この期《ご》に及《およ》んでまだ、かけらみたいなそんなものにしがみついているなんて。

「三浦、おまえ飲みすぎてないか」

七月の中頃《なかごろ》、まだ梅雨《つゆ》の明けない頃《ころ》に、俺の誕生日があった。自分では忘れていたんだけど、奥さんがごちそうを作ってくれて、店が終わった後にみんなで祝ってくれた。堂島もいた。俺はすすめられるまま慣れないワインを口にして、帰る頃には足が少しふらついていた。

「……大丈夫《だいじょうぶ》だよ」

「ふらふらしてるし、顔も赤いぞ。送ってくよ」

堂島は表面上は俺に普通《ふつう》に接しているように見える。普通の友達として。

飲みすぎたのは堂島がいたせいだ。店をやめたい気持ちとやめたくない気持ちは、ほんの少しの風に揺れるモビールみたいに頼《たよ》りなくふらふらする。堂島が俺に笑いかけるたびに。由布子さんに笑いかけるたびに。

「おい、大丈夫か」

「……吐《は》きそう」

電車に揺られていたらどんどん気分が悪くなった。我慢《がまん》できなくなって、俺はひとつ手前の駅で降りた。そこから歩いて帰ることにすると、堂島は当然のようについてきた。

「堂島、もういいよ。外の空気を吸ったらだいぶましになったから」

「家まで送るよ。俺も少し歩いて酔《よ》いを覚ましたいし」

「……悪いな。迷惑《めいわく》かけて」

堂島は口元だけで軽く笑った。よくできた優等生の優しい笑《え》み。

夏になりきらない中途半端《ちゅうとはんぱ》にぬるい夜気の中を、堂島と二人で黙《だま》って歩いた。どこかから風に乗ってくちなしの甘やかな香《かお》りが運ばれてくる。堂島はリラックスした様子で、上着を脱《ぬ》いで腕《うで》にかけていた。

風が体と体の間をすり抜《ぬ》けていく。並んで歩いても、体の距離《きょり》は適度にあいている。

——寂しい、と思った。

あたりさわりのない優しさを見せられるたびに、寂しくなる。寂しい気持ちは尖《とが》った歯を持った凶暴《きょうぼう》な生き物になって、無理に押し込めると胸の中で暴れ回って俺を内側からぼろぼろにする。

もう何もかもぶち壊してしまおうか。雑で破滅的な衝動《しょうどう》が心に浮《う》かぶのは、こんな時だ。たとえば。もう一度好きだと言って、一度でいいからと迫《せま》ったら。泣いて頼《たの》んですがったら。そしたら俺とセックスしてくれるかな。堂島がしてくれるんなら、女の子みたいにされても俺は嬉《うれ》しいだろう。どうせ最初から叶わない恋《こい》だ。どう思われたっていい。絶対に手に入らないなら、せめて一度だけでも——

「じゃあ」

俺は実家を出てアパートで一人暮らしをしていた。部屋の前で、堂島が軽く俺に片手を上げる。俺は顔を上げて、喉《のど》につかえていた言葉を吐き出してしまいそうになる。

(ちょっと寄っていかないか)

べつに普通のことだ。もう夜も遅《おそ》いし、お茶の一杯《いっぱい》くらい誰だって出すだろう。

「……」

言いかけて、ひらいた口をまた閉じた。

何を考えてるんだ。堂島が応じてくれるはずがない。堂島には恋人《こいびと》がいる。それでなくたって、男の俺なんか相手にしてくれるわけがない。

「三浦?」

もしも口にしたら、あんな思いをもう一度するんだ、と思った。あの五年前の冬、堂島の部屋のベッドの上で、俺の心はたしかに一度粉々になった。

「どうしたんだ?」

「……え?」

少しの間、俺は固まっていたらしい。堂島が困惑《こんわく》したように俺を覗《のぞ》き込んでいた。瞬《まばた》きすると、はずみでぱたりと涙《なみだ》がこぼれた。

「……ごめ」

一度こぼれると、歯止めがきかなくなった。目元を隠《かく》した手の下で、後から後からこぼれ出る。声を抑《おさ》えようとしたら息が苦しくなって、逆に大きくしゃくりあげてしまった。

「……困ったな」

言葉どおり、心底困っているらしい声が上から落ちてきた。

堂島が片手を持ち上げたのが、手の隙間から見えた。その手がためらいを見せて俺の肩《かた》のあたりでふらふらと迷う。それから、意を決したように俺の頭にふわりとのった。

ほとんど重さを感じさせない、空気のような触れ方だった。それ以上どうするつもりもないのかどうしたらいいのかわからないのか、手は動かない。

「頼むから、泣かないでくれよ……」

そんな弱った言い方をされると、よけいに心ががたがたになってしまう。抑えきれずに、声が喉から漏《も》れた。

「うっ……」

「三浦」

頭に置かれた手がそっと外された。ああ行ってしまう、と思った次の瞬間《しゅんかん》、手はぐっと俺の肩を引き寄せた。ひたいがワイシャツの肩口《かたぐち》に押しつけられる。

「——」

息が止まった。

「どうしておまえはそんなに——…」

苦々しい、まるで怒《おこ》っているような声で。

(そんなに、なんだ?)

堂島がどんな顔をしているのかわからない。ただ肩に回された腕に、指の先に、ぎゅっと痛いくらいに力が入った。

「……高校の頃」

俺はびくりと身を震《ふる》わせた。

「俺、学校も生活も単にこなしてるだけでさ、あんまり他人に興味なかったし、誰《だれ》のこともどうでもよかった。そこそこ合わせてればみんな放っておいてくれるし、一人でいるのは気楽だった。……そういう自分を、つまらない奴《やつ》だなって思っていた」

堂島のワイシャツからは、薄《うす》い煙草《たばこ》の匂《にお》いがした。堂島が煙草を吸っているのを見たことはない。会社で匂いを移されるのかな。そんなことを頭の片隅《かたすみ》でちらりと考えた。

「でも三浦は……そういうの全部すとんと飛び越《こ》えて、気がついたらそばにいただろう。なんで俺なんかの近くに来るのかなって考えた。俺といたって楽しくないだろうし、メリットもないし……考えてもわからなくて、でもそのうちに、まあいいかって思うようになった。おまえといるの、俺は楽しかったから」

そんなふうに思っていたなんて、知らなかった。堂島にとって俺は「どうでもいい」人間の一人なんだと思っていたから。

「三浦のそばは息が楽にできる感じがして、変に気負わなくてよくて、居心地《いごこち》がよかった。三浦はたぶん……メリットとかそういうことじゃなくて、俺を……」

堂島がこんなふうに表面的じゃない、もっと内側のところで話すのを聞くのは初めてだ。その声は途切《とぎ》れがちでいつもの堂島らしくなくて、すごく迷いながら言葉を探している感じがした。

「……俺を、ただ好きでいてくれるんだろうなって、そう思ったら……嬉しかった」

俺はなんだか混乱して、膝《ひざ》ががくがくして今にも力が抜けて座り込んでしまいそうだった。

堂島が何を言おうとしているのかわからない。わからなくて、でも肩に回された腕や、ワイシャツ越《ご》しの身体《からだ》の質感や温度や、俺の知らない場所にいる堂島を想像させる煙草の匂いとかが、ぜんぶ一緒《いっしょ》くたになって俺をかき回す。

「だから俺は……俺はおまえのことを……」

いつも静かで落ち着いた声が、チューニングのぶれたラジオみたいに揺《ゆ》れた。心臓が痛いほどに騒《さわ》ぐ。言葉を探して見つからない様子で、堂島は少し黙った。

「……おまえを、大切な友達だと思っていたよ」

「――」

急に、すっと頭がクリアになった。

(…ああ)

そういうオチかって、醒《さ》めた気分で思った。

俺は両腕《りょううで》をぐっと突《つ》っ張《ぱ》って、堂島の体を押し返した。体と体の間に腕の長さぶんの隙間《すきま》ができる。この隙間には何もないんだ、と思った。ただ一方通行の気持ちだけで。

うつむいたまま三つ数えて、俺は顔を上げた。

「送ってくれて、ありがとな」

そう言って、笑った。笑えてる、はずだった。

「三浦」

堂島はまだ何か言おうとするみたいに口をひらきかける。それを無視して、俺は部屋のドアを開けた。

「じゃあな。おやすみ」

「……おやすみ」

ドアを閉めて、鍵《かぎ》をかけた。鍵のかかる音は夜の中に、やけに大きくガチャリと響《ひび》いた。ドアにもたれてうつむく。真っ暗な部屋。閉めきっていた部屋の空気は蒸《む》し暑くて、体にねっとりとまとわりついた。しばらくするとドアの向こうで、ゆっくりと遠ざかっていく足音がした。

「……はは」

身を折って、俺は少しだけ笑った。

見ているだけでいいなんて、自分をごまかすためのいいわけだって、本当はちゃんとわかっていた。

歪《ゆが》んだ心や欲望。そういうものを、自覚した状態で身の内に抱《かか》えているのはしんどい。綺麗《きれい》な気持ちだけで想《おも》い続ける強さは、俺にはない。

食事に誘《さそ》われても断ってさっさと帰る俺を、店の人たちは少し怪訝《けげん》に思っているみたいだった。由布子さんには、「最近元気がないね」と言われた。

「べつに、普通《ふつう》ですよ」

俺は笑って答える。笑うのも、ひどく疲《つか》れる。

鉢《はち》を割った直後から、アキは毎日店に来るようになっていた。ただ来るだけじゃなく花を買うから、いちおう客なので追い払《はら》えない。以前よりもずいぶんしおらしい態度になっていた。

アキは店に来るたびに花を一輪買う。その花を、そのまま由布子さんにプレゼントする。花の数が増えていくと、少しずつ由布子さんの態度も和《やわ》らいでいった。

俺が水場でバケツを洗っているところに来た時は、由布子さんはアキと長い間話をしていた。話の内容は水音で聞こえなかったけど、由布子さんは少しだけ笑顔《えがお》を見せていた。俺はその笑顔に――なんだかすごく嫌《いや》な気持ちになった。

「由布子さんって、あの彼と幼なじみなんですよね」

アキが帰った後、思わず俺はそんな言葉を口にしていた。

「アキ？　そうね。親同士が知り合いで、子供の頃《ころ》から知っているから」

「いつ頃《ごろ》からつきあっていたんですか？」

不躾《ぶしつけ》な質問だった。由布子さんは「どうしてそんなことを訊《き》くの？」と首を傾《かし》げる。

「べつに、なんとなく……」

「……アキは子供の頃から生意気で」

注文品の花束に使うための花を選びながら、由布子さんはどこかなつかしそうに話し始めた。

「私、しょっちゅうアキを叱《しか》ってた。家の人の言うことは聞かないんだけど、私の言うことはしぶしぶでも聞くのよね。それで、中学の入学式の日につきあってくれって言われたの。私はふたつも年上の三年生だったんだけど」

話す声は、ほんのりと色がついているように明るかった。

「中学生になったら告白するって決めていたってアキは言うの。昨日まで小学生だったくせにね。アキは中学の三年間ずっと、好きだって言い続けた。でもいつも怒ってるみたいにぶっきらぼうに言うのよね」

香《かお》りを確かめるようにチュベローズの花に顔を寄せて、由布子さんは小さく微笑《わら》った。その笑みは匂うように女らしくて、綺麗だった。

「根負けして、アキが高校に入った時につきあい始めたの」

「でも」

由布子さんの横顔があんまり綺麗で、瞬間的に、頭に血が上った。

心臓が一回大きく鳴った。やめろって警告するみたいに。なのにその言葉は、逃《に》げるように口からするりとこぼれ出た。

「今の状態は、はたから見たら二股《ふたまた》かけてるみたいに見えますよね」

由布子さんははっとしたように顔を上げた。

俺の吐《は》き出した言葉は、固くてごつごつと尖《とが》っていた。俺の中には今そんなものばかりが詰《つ》まっている。胸の中がごろごろして痛くて、全部を吐き出してしまいそうだ。他人にぶつけたら、その人が痛いに決まってるのに。

(飲み込んでしまえ)

けれど止まらない。俺の口は勝手に動いた。

「堂島のいないところでこそこそ会ってるみたいで」

(やめろ)

「……堂島がかわいそうだ」

——本当は自分をかわいそうがっているだけのくせに。

「そう……そうよね」

由布子さんが小さな声で呟《つぶや》いた。うつむいて、まるで萎《しお》れた花みたいだった。

「私、ひどいよね」

(……だめだ)

俺はぎゅっと目を閉じた。

こんなことを続けていたら、腹の底から嫌な人間になってしまう。きっと俺はもっと由布子さんを傷つけるようになるだろう。自分が傷つくたびに。

もうやめよう。この店にいるから、だめなんだ。

ここにいる限り堂島には会ってしまうし、俺は由布子さんの隣《となり》に堂島を見ないではいられない。堂島に会うたびに好きだと思い、同時に由布子さんに対して嫌な感情を抱《いだ》いてしまう。どっちも苦しいだけだ。可能性がゼロなら、あきらめた方がずっと楽だ。そうすれば、嫌な人間にならなくてすむ。人を傷つけなくてすむ。

その日、全部の仕事を終えたあと、俺はエプロンをはずしてきちんと畳《たた》んで、店長に返した。今日限りでやめさせてくださいと言って、頭を下げた。

店長は驚《おどろ》いていた。当然理由を訊かれたけど、答えられなかった。店長も奥さんも由布子さんも、みんな揃《そろ》って一生懸命《いっしょうけんめい》引き止めてくれたけど、俺はうつむいたまま顔を上げなかった。

「無責任なことしているってわかってます。本当にすみません」

何度も何度も頭を下げた。声が震《ふる》えたのがばれてしまったのか、店長はしばらく黙《だま》った。それから大きなため息をついて、「しかたないね」と言った。

「……すみません」

「それなら少し待っていてくれ。今月分の給料を計算してくるから」

「いえ、ご迷惑《めいわく》をおかけするんで、それは」

「だめだよ。こういうことはちゃんとしないとね。ちょっと待ってて」

店長が奥に消えると、俺をじっと見ている由布子さんと目が合った。俺はまた下を向いた。

「慎ちゃんが寂《さび》しがるね」

由布子さんは、ぽつりとそれだけ呟いた。

5

梅雨《つゆ》だからって何もこんなに降らなくてもいいだろうってくらい、雨ばかり降っている。

フローリスト・ジュンをやめて、三日がたっていた。俺はベッドに仰向《あおむ》けに寝転《ねころ》がって、ぼんやりと雨の音を聞いていた。

なかなか次の仕事を探す気になれない。花屋の仕事はやりがいがあったし、フローリスト・ジュンはいい店だった。初めて仕事を楽しいと思ったのに。それに俺の身勝手で、お店の人たちに迷惑をかけてしまった。次の人も決まっていないのに、後先も考えずただ逃げ出した。俺はいつも逃げてばかりいる。自己嫌悪《けんお》は、梅雨空と同じに俺の心に重い蓋《ふた》をした。

何をするでもなく、俺はただぼうっとしていた。部屋のチャイムが鳴った時もすぐには動かず、のろのろと首を動かして壁《かべ》の時計を見上げた。九時を回っていた。夜の九時だ。

こんな時間に電話もなしで訪ねてくるような相手に心あたりはない。面倒《めんどう》だな、と思った。誰《だれ》だか知らないけど、このまま帰ってくれないだろうか。

だけど、チャイムは間をおいて何度も鳴った。しかたなく俺はベッドから身を起こした。

「……はい」

ドアの向こうは雨が降り続いている。インターフォンなんて上等なものはないアパートだから、ドア越《ご》しに直接声をかけた。相手は、どうしてだかすぐには応《こた》えなかった。それから、声が聞こえた。とまどっているような、探《さぐ》るような。

「――三浦？」

堂島だ。ぼんやりしていた頭がはっと覚醒《かくせい》して、俺はドアから手を離《はな》して後ろに下がった。

「三浦、開けてくれないか」

「……なんで？」

もう堂島に会うことはないと思っていた。この三日間、俺はずっとそのことを考えていた。これでよかったんだと思う反面、会いたいという気持ちはしつこく俺の中に残っていて、自分の未練がましさにますます憂鬱《ゆううつ》になる。そんなことを繰《く》り返していた。——なのに。

「話がしたいんだ」

堂島の声はひどく真剣《しんけん》で、懇願《こんがん》するように響《ひび》いた。

「……べつに、話すことなんて」

「とりあえず開けてくれないか。頼《たの》むから」

俺は玄関《げんかん》で立ちすくんだ。どうしよう。会いたい。でも怖《こわ》い。心は両極端《りょうきょくたん》に激しく揺《ゆ》れる。今さら話なんかしたってしかたがない。これ以上傷つきたくない。でも会いたい。

「悪いけど……帰ってくれないか」

ドアから少し離れたまま、俺は搾《しぼ》り出すようにそう告げた。

「三浦……」

語尾《ごび》に被《かぶ》さるように強い風が吹《ふ》いて、ばらばらと建物にあたる雨の音がした。アパートの外廊下《ろうか》は屋根があるだけの吹きさらしだ。外の雨風はずいぶん強いらしい。

俺の気が変わらないうちに早く帰ってくれ。そう願った時、堂島の声がした。

「開けてくれるまで、ここで待つから」

「え？」

声は途切《とぎ》れた。でも気配は消えない。歩き去る足音もしなかった。

(なんなんだよ……)

無視してベッドに戻《もど》ることもできずに、俺はその場に棒立ちになった。首をひねって部屋の窓を見ると、ガラスをつたう雨の筋が外からの光に照らされていくつも浮《う》き上がっていた。

雨が降っていても七月だ。寒くはないだろうけど……

しばらく立ったままでいたあと、ため息をひとつ落として、俺は床《ゆか》に腰《こし》を下ろした。見えないけど、堂島がドア越しにこちらをじっと見ているような気がする。あの、矢を射る時に的を見据《みす》える、静かな怖いような目で。想像したら少し背筋が震えた。見えない視線に縛《しば》られているみたいに、俺は身動きができなくなった。

どのくらい時間がたったのか、雨音がいつのまにか弱くなっていた。でもまだやむ気配はない。立ち上がって、そっと玄関に降りてみた。

ほんのちょっと、確かめるだけ——そう思いながら、静かにノブを回してドアを少しだけ押した。細い隙間《すきま》から、雨の音と匂《にお》いが部屋の中に忍《しの》び込んでくる。見える範囲《はんい》には、堂島の姿はなかった。安心して、でもどこか失望して、さらに大きくドアを開けて首を動かした。

堂島と目が合った。

ドアの陰《かげ》になる場所で、手すりにもたれてこっちを見ていた。驚いた俺がドアを引くより早く片手を伸《の》ばして、ドアの縁《へり》をぐっとつかんだ。

「堂島…っ」

「三浦、話がしたいんだ。このままじゃだめな気がするから」

「何が…」

「少しだけでいいから」

静かな迫力《はくりょく》に押されて、俺はドアノブを握《にぎ》っていた手を離した。堂島はドアを大きく開けて、玄関の前に立ちはだかる。

「入っていいか」

今さら逃げようがない。観念して頷《うなず》いて、俺は堂島に背中を向けて部屋の中に入った。

あまり大きな家具はない1Kの部屋だ。俺はさっきまでいたベッドの上で、壁に背中をつけて座った。所在なさげに立った堂島は、少し距離《きょり》をおいてカーペットに腰を下ろした。肩《かた》や髪《かみ》が濡《ぬ》れている。髪からこめかみにつたった雨を、ワイシャツの袖口《そでぐち》で無造作に拭《ぬぐ》った。

「……店、やめたんだな」

俺は片膝《かたひざ》を抱《かか》えて下を向いた。少しだけ開けていた窓からは、弱まったくせにちっともやまない雨音が聞こえてくる。

「どうしてかって訊《き》いていいか」

「……」

黙り込んだ末、沈黙《ちんもく》に耐《た》えかねて「堂島には関係ないから」と答えた。

「関係ない？……そうなのか？」

訝《いぶか》しんでいる声だった。俺が答えずにいると、堂島の問いは中途半端《ちゅうとはんぱ》に放《ほう》り出されて消えた。

物憂《ものう》げな雨の音が部屋を満たす。沈黙には重いのと軽いのとあるけど、今ここにあるのは、皮膚《ひふ》に沁《し》み込んで体の中まで沈《しず》んでいく重い沈黙だ。目を上げてちらりと見ると、堂島は片手の拳《こぶし》をひたいにあてて、じっと何かを考え込んでいた。

「……なあ。俺はもしかしてすごく自意識過剰《じいしきかじょう》なのかもしれないけど……」

しばらくして、堂島が口をひらいた。迷いながら口にしているような、覚束《おぼつか》ない口調だった。

「三浦は……まだ、俺のことが」

言わないでくれ、と思った。それを訊かれたら、俺は——

「……好きなのか……？」

ベッドの上で抱えていた膝《ひざ》を、ぎゅっと握った。

胸の真ん中でぶわっと熱いかたまりが膨《ふく》れ上がって、それが喉元《のどもと》まで駆《か》け上がってきて息が詰《つ》まった。両膝《りょうひざ》を引き寄せて膝頭《ひざがしら》にひたいを押しつけて、奥歯を嚙《か》みしめる。だめだ。このまこうしていたら、俺は泣く。だけど声を出したらそれがきっかけになりそうで、出て行ってくれと言うこともできなかった。

「——三浦？」

堂島が立ち上がる気配がした。近づいてくる。ベッドがぎしりと鳴って、俺の前に膝をついた。

かなり時間がたってから、そっと手が髪に触《ふ》れた。堂島はいつもためらいながら俺に触れる。熱いものにさわるみたいに。触れたら、俺がどうにかなるとでも思ってるみたいに。

「…らないでくれ…っ」

声はやっぱり涙声《なみだごえ》になった。堂島はさっと手をひっこめた。

「う、……ううっ……——」

顔を膝に押しあてて、声を喉《のど》に詰まらせて、俺は泣いた。堂島は動かない。どうしたらいいのかわからないんだろう。もういいから行ってくれと叫《さけ》びたかった。俺のことなんか放っておいてくれ。同情されればされるほど、俺は惨《みじ》めになる。

長い時間が過ぎた。嗚咽《おえつ》が治まるまで、堂島はそこにいた。何もせず、空気すら動かさず。

「……ごめん……」

腕《うで》の中に顔を伏《ふ》せたまま、どうにか声を出した。堂島は囁《ささや》くように訊き返してきた。

「ごめんって、何が？」

「……好きで……」

堂島が何か責められるようなことをしたわけじゃない。俺が好きにならなければ、こんな気まずい面倒な思いをすることもなかったのに。

「謝ることじゃないだろう」

低い声は、少し怒《おこ》っているように聞こえた。

「でも、俺は三浦が俺のどこを好きになってくれたのかわからないよ。俺は三浦にそんなに優《やさ》しくしたわけじゃないし、性格もたいしてよくないし……」

「でも好きだ」

勝手に言葉が転がり出た。堂島は口をつぐんだ。

優しいから好きになるわけじゃない。性格や顔で好きになるわけでもない。訊かれたって、どうしてなのかなんてわからない。それはこっちの意思なんてまるでおかまいなしに、気がついたら心臓を鷲摑《わしづか》みにしている無遠慮《ぶえんりょ》で力強い腕のようなものだ。

どこか一部じゃなくて、顔も声も笑い方も、外側から見えない部分も、全部がその人で。

ただその存在が欲しくて――

「俺……由布子さんにひどいことを言った」

そう、とだけ堂島は言った。

「ごめん」

「大丈夫《だいじょうぶ》だよ」

伏せていた顔を上げた。堂島と目が合う。静かな目は、優しい大型犬みたいに少し悲しそうだった。

「俺、どんどん嫌《いや》な人間になるんだ。堂島が人のものなのが苦しいんだ。ただ好きでいるだけで満足できたらいいのに、もっと近くに行きたいとか、笑い顔を見たいとか、さ――さわりたいとか」

「……」

「そんなこと考えられてるの、嫌だろう？　気持ち悪いよな。ごめん」

堂島の、何かに耐えているような苦しそうな顔を見たくなくて、俺は目を閉じた。

「俺だって、こんなつらいのもう嫌だ。でもだめなんだ。好きなんだ。好きなんだ。……き」

嗚咽が喉を震《ふる》わせて、涙《なみだ》がひとすじこぼれた。

「消えてなくなりたい……――」

「三浦」

頰《ほお》に堂島の手が伸びてきた。流れた涙を拭う。手はそのまま首の後ろに回って、ふわりと俺を引き寄せた。

窓の向こうで、強い風に煽《あお》られた木がざああっと鳴った。

「気持ち悪いなんて思わないって、言っただろ……」

堂島がそう言ったのは五年前だ。高校卒業間近の冬。あの冬から、五年ぶん大人になったはずなのに、俺は同じことばかり繰《く》り返している。

堂島のシャツからは雨の匂いと、やっぱりかすかな煙草《たばこ》の匂いがした。

「なあ、俺はどうしたらいいのかわからないよ、三浦……」

耳元に落ちてきた声は、堂島らしくなく途方《とほう》に暮れていた。

俺だってわからない。好きな気持ちも、それとセットになった苦しい気持ちも、全部を捨てて楽になる方法があるなら誰《だれ》か教えてくれ。

「い……行っていいんだ」

腕の中で、俺は堂島の体を押し返した。

「堂島は、俺のことは忘れていいんだ。ここから出ていって、俺のことは忘れて、好きな人と一緒《いっしょ》にいていいんだ。それがあたりまえなんだから」

「それができたら、ここへは来ないだろ」

離《はな》れようとする俺を、肩に回った腕が引き止めた。

「三浦。俺はおまえを……」

今のこの状況《じょうきょう》はまずい、と思った。こんなところでこんなことをしていちゃいけない。由布子さんに悪い。なのに俺は、どうしても目の前の体を強く振《ふ》り払《はら》うことができなかった。

だって、この腕はずっと欲しかったものだから。

「おまえを……どうしてだか放っておけないんだ。おまえをどうにかしたいって思うんだ」

肩の腕に力が入って、ぐっと引き寄せられた。

「だから、もしもおまえがそうしたいんなら……それで区切りがつくんなら」

こくりと唾《つば》を呑《の》む音が、ひたいのあたりで聞こえた。

「一度だけ――してみようか」

一瞬《いっしゅん》、呼吸が止まった。意識に空白ができて、ずっとしていたはずの雨の音が急に頭の中いっぱいに広がった。

「誰にも言わないから」

（今――なんて、言った？）

俺はなんだかバカになったみたいに何も考えられなかった。頭はぼんやりしてるのに、ただ心臓だけが存在を主張するように胸の中でどくどくと鳴る。肩に回された堂島の腕。すぐそこにある息遣《いきづか》い。ぐらりと眩暈《めまい》がした。

「三浦」

堂島がさらに近づいてきて、両腕で抱《だ》き寄せられた。体全体が密着する。雨や煙草の匂《にお》いじゃない、少し熱を帯びた肌《はだ》の匂いがした。

(堂島の匂い)

手がゆっくりと髪を撫《な》でる。俺の動悸《どうき》はさらに強く速くなる。

違《ちが》う。これは俺が見ていた都合のいい夢だ。こんなこと、本当は考えてもいけない。

俺に触れている堂島の身体《からだ》は、夢の中よりずっと生々しくて、ずっと熱かった。罪悪感を感じながらも、あさましいほどに欲《ほっ》したもの。それが今、ここにある。

皮膚《ひふ》を通して伝わってくる生の体温と鼓動《こどう》。夢と現実が混ざる。混乱する。

「どうする?」

耳元で、低く堂島が囁く。

「やめるか……?」

身体の底から寒気のようなものが這《は》い上《あ》がってきて、全身が震えた。

今だけ。一度だけ。誰にも言わないから。

頭の中も胸の中もいっぱいになって、何も考えられなくなる。背中に腕を回して、俺は堂島の身体を強く抱き返した。

明かりを消すと、目ではっきりと見えないぶん、いろんな感覚がダイレクトに内側に来る気がする。息遣い。かすかな汗《あせ》の匂い。手のひらに触れる肌の感触《かんしょく》。雨音も耳に強く感じた。

上半身だけ脱《ぬ》いでベッドの上で抱き合っただけで、俺は全身で堂島に反応した。鳥肌《とりはだ》が立つようなのに、体温が上がって体の中心が否応《いやおう》なしに熱くなる。

それでも俺は固まったまま動けなかった。こんなことをしちゃいけない。頭の中で誰かが囁く。今ならまだ引き返せる。なかったことにできる。

（……一度だけだから。それで忘れるから）

一度だけ。一度だけ。俺は何度も自分にそう言い聞かせた。どうせ絶対に手に入らない人だ。ふられるのが同じなら、これで最後なら、せめて一度だけでも。身体だけでも。

「俺、やり方がよくわからないんだ。その……男、同士の」

おそるおそる、って感じの手つきで俺の髪《かみ》を撫でながら、堂島が言った。

「お…俺も、そんなのわかんないよ……。女の子としかしたことないし」

「そうなのか？　普通《ふつう》でいいかな……」

すっと顔を動かして、堂島が俺のこめかみあたりに唇《くちびる》を寄せた。俺はびくりと首をすくめる。唇はこめかみにキスをして、そのまま首筋に下りた。

ふわりと唇で撫でながら、時々強く吸う。こんなふうにするんだ、と思った。堂島の触《ふ》れたところ全部に、見えない跡《あと》が残る気がする。所在なさげな手が胸の上で迷うように動いて、そっと指先で触れてきた。俺は思わず口走った。

「ごめん……胸、なくて」

「何言ってるんだ」

「ゆ…由布子さんのこと考えながらしてもいいよ」

「由布子のことは言うな」

ぴしゃりと跳《は》ね返す言い方だった。その声の明らかに怒った響《ひび》きに、俺はじわりと傷ついた。

「ごめん」

「謝らなくていいから」

堂島が唇と手の動きを再開する。ためらいがちな指が、それでも俺の身体に火をつけていく。指の先が乳首《ちくび》にひっかかるように触れた時、俺はびくっと肩《かた》を揺《ゆ》らした。

恥《は》ずかしい、と思った。同情でしてもらってるだけなのに、俺の体は簡単に反応する。たとえば偶然《ぐうぜん》男の手が身体に触れたって、こんなふうには感じないだろう。いろんなところを指や唇で撫でられて、あやうく声が出そうになる。自分でも信じられなくて、恥ずかしかった。

唇をきつく噛《か》み締《し》めていると、堂島が小さく囁《ささや》いた。

「して欲しいことがあったら言って」

俺は首を振った。代わりにそっと手を伸《の》ばす。

「お…俺も、さわっていい？」

間近の顔が目を細めて、微笑《わら》って頷《うなず》いた。

おそるおそる上半身に触れてみる。あれほど欲しかった身体。高校の頃《ころ》と変わらず引き締まっていて、腕《うで》の動きに従ってかすかに筋肉が動く。皮膚の下の硬《かた》い骨の感触。薄《うす》い日焼けの跡。他人の皮膚って、どうしてこんなに特別なもののような気がするんだろう。自分と同じ材質でできているはずなのに、触れるのが怖《こわ》いくらいだ。怖いようなせつないようなこんな感じを、きっと愛《いと》しいっていうんだろう。

感触を確かめながら、ゆっくりと指をすべらせる。背中に両腕を回して、きゅっと抱きしめた。

俺はどうしてこんなにこの人が欲しいのかな。他《ほか》の誰かじゃなくて。自分と同じ男なのに、やっぱり俺はおかしいんだろうか。

考えていたら、滲《にじ》むように涙《なみだ》が出てきた。急いで拭《ぬぐ》ったけど、堂島にばれたかもしれない。少し慣れたのか開き直ったのか、堂島はけっこう大胆《だいたん》に指と唇を使ってくる。唇で乳首をきゅっと吸われて、「あっ…」と抑《おさ》える間もなく声が出た。

俺は急いで拳《こぶし》を唇にあてた。あんまり変に乱れたら、堂島が嫌《いや》がるかもしれない。

「さわっていいか…?」

その言葉で、堂島が俺のジーンズに手をかけているのに気づいた。ボタンを外して、すごくゆっくりとファスナーを下ろす。

「あ、で、でも」

うろたえて、堂島の腕をつかんだ。

「何？」

「……さわるの、嫌だろう？　お…男のなんて」

「セックスするんだろう？」

首を傾《かし》げて、堂島は少し苦い笑い方をした。

「嫌じゃないから」

言って、俺の腰《こし》を浮《う》かせてジーンズを膝《ひざ》まで下ろす。いたたまれなくて、両腕で顔を覆《おお》った。

下着の中に忍び込んでくる指。こんなふうに、大きな手で包むように触れられたことなんてない。堂島が俺のをさわっている。やわやわと揉《も》まれると、今まで知らなかった感覚に背筋がひきつるように震《ふる》えた。

「……ん、…ふっ」

喉《のど》の奥からせっぱ詰《つ》まった息が漏《も》れる。それでもなんとか唇を噛んで喘《あえ》ぎ声にはならないようにしていたのに、直《じか》にさわられると、やっぱり声が口を割った。変にかすれた、まるでアダルトビデオみたいな声。こんな声が自分から出るなんて。

「あ、あっ、…待っ、……堂島っ」

「……大丈夫《だいじょうぶ》だから」

「んっ、あ…あ…っ」

からみつく指に撫でられて、びくびくと全身が震える。ほんの少しの刺激《しげき》が何倍にもなって身体の中心を駆《か》け上がる。あっけなく、俺の性器は堂島の手の中で硬くなった。

どうしようもない。

情けなくて、みっともなかった。堂島はどう思うだろう。同性の、昔の同級生がこんな。

「うっ……」

堂島の指が俺を煽《あお》るように動くたびに、感じるたびに、俺は悲しくなっていった。好きでさわってもらっているわけじゃない。きっと堂島は、本当はこんなことしたくないだろう。なのに俺は一人で――

「う、く…っ、……う、ああ」

「……三浦」

堂島のもう片方の手が、そっと前髪《まえがみ》を撫《な》でた。

「どうした。なんで泣くんだ?……嫌か?」

「……ごめん」

「何が」

「ごめん。俺、か、感じちゃって……気持ち悪いよな。ほんとはこんなことしたくないよな。ごめん」

「そんなことないから。大丈夫だから」

「ごめ…」

「謝るなって言っただろ!」

強い声に全身が震え上がって、喉がしゃくり上げるように鳴った。堂島の体の下で身を縮ませる。堂島は顔を歪《ゆが》ませて、俺を胸に引き寄せた。

「ごめん……怒鳴《どな》って悪かった」

手が慰《なぐさ》めるように何度も髪を梳《す》いた。

「でも、気持ち悪くないから。普通にしてるだけだから。だから三浦も普通にしていてくれ」

こぼれた涙を、ぎこちない動きでシーツで拭《ふ》き取られた。

片方の腕で俺を抱いたまま、指が愛撫《あいぶ》を続ける。なんて優《やさ》しくてつらい指だろう。誰《だれ》かにこんなふうにされることなんて、きっともうない。

身体《からだ》の奥が疼《うず》くような、自分では手の届かないところをかき立てられるような、そんな快感だった。あっけなく濡《ぬ》れ始めて、声まで濡れる。自分だけ乱されるのが一人でしてるみたいで寂《さび》しくて、堂島の腕をつかんだ。

「俺も……したい。……堂島、の」

「うん」

俺に覆い被《かぶ》さっている堂島のベルトを外す。暗いからはっきりとは見えない。初めて触れるものは俺の手の中で、ぴくりと跳ね上がった。最初はおそるおそる触れた。それから自分がこうされたら気持ちいいだろうと思う方法で、さわってみた。

(人のをさわるのってこんな感じなんだ)

それともこれは堂島だからかな。とても大切で、とても愛しくて、とても怖い。

さわり合うことで、自分の中で渦《うず》をまいている欲動《よくどう》に加速がつくのがわかる。手の中にある

たしかな生々しさ。肩口《かたぐち》に落ちる堂島の吐息《といき》。その熱。密着している体の鼓動《こどう》が、速いスピードで重なる気がした。

「い、……いい？」

思わず訊《き》いてしまう。たぶん俺のほうがよけいに感じている。堂島は俺のひたいにひたいをくっつけて、目を伏《ふ》せて長く息を吐《は》いた。頬《ほお》がかすかに上気していた。

「うん。気持ちいいよ……」

(神様)

思っちゃいけないことだけど。

この人が俺のものだったらどんなにいいだろう。この表情も吐息も熱も、恋人《こいびと》がくれる甘い蜜《みつ》みたいに俺が味わっていいものだったら、どんなにしあわせだろう。

こんな顔、ほんとは俺が見ていいものじゃない。今だけ借りてるだけ。

見ちゃいけない顔を見るたびに、うしろめたさがこれは自分のものじゃないんだと言い聞かせる。当然の権利としてそれを享受《きょうじゅ》する人の存在を思い出す。

(ごめんなさい。ごめんなさい)

堂島は俺のことが好きなわけじゃないから。あなたのものだから——

「あ、……ん、んっ」

徐々《じょじょ》にきつく速くなる動きに、ついていけなくて息が上がる。指も止まりがちになっていた。だめだ、と溺《おぼ》れる人のように堂島の背中に爪《つめ》を立てた。

「堂……だめだ、俺、……あッ」

「うん。いいよ。……いって」

耳元に落とされる低い囁きに、全身が震えた。息をつめた次の瞬間《しゅんかん》に、俺は堂島の手の中に放っていた。

「ごめ…、俺だけ…」

全力疾走《しっそう》した後みたいに息が乱れる。俺はシーツの上で身体を丸めた。

「気持ちよかったんなら、よかった」

ティッシュで手を拭きながら微笑んで言われると、身の置きどころがなくて逃《に》げ出したくなる。でも自分だけ気持ちよくてもと思って、もう一度、中途半端《ちゅうとはんぱ》な状態になっている堂島のものに指をからめた。

「ごめん、俺もちゃんとするから……」

「うん、でも」

堂島がどこか煮《に》え切らない困った様子で、俺の手をそっと押さえた。

「……なあ。どうする？」

「え？」

「入れるか…？」

「…ッ」

息を呑《の》んだ。そういうこと、想像しなかったわけじゃないけど……

「でも……」

今していることだって、誰にも言い訳できない行為《こうい》だ。セックスっていうしかないだろうと思う。それでもやっぱりラインがある気がした。誰にも言わないからって、越《こ》えちゃいけないラインが。

きっと堂島が後でつらくなる。そういうのって、後から来る。

俺はうつむいて首を振《ふ》った。

「いい。俺……もう充分《じゅうぶん》だから」

「……そうか」

堂島は小さく吐息をこぼした。

「じゃあ……俺のこと、気持ちよくしてくれる？」

頷《うなず》いて指を伸《の》ばす。指先に意識を集中した。感じてもらえるように。この身体の変化を全部、俺の身体で感じ取れるように。忘れないように。

「……ん、っ」

抑《おさ》えた吐息も忘れないようにしよう。感じている顔も。

それから、笑った顔を覚えていよう。綺麗《きれい》な背中も胸の鼓動も、優しさも寂しさも全部、堂島がくれたものを覚えておこう——

「……あ」

同時に声が出た。堂島の身体がぶるりと震える。きつく抱《だ》きしめられて、俺の手が濡れた。

しばらくして、堂島は黙《だま》って俺から離《はな》れた。

乱れた服を直す。そうするうちに、言いようのない惨《みじ》めさが水みたいに胸に広がってきた。それは熱くなっていた俺を芯から冷やして、心を寒くする。思いが通じ合っている相手とするセックスなら、身体が気持ちよくなれば心も気持ちいいはずなのに。この寂しさはなんだろう。する前よりももっと、一人になった気がする。

堂島に背中を向けて、俺は言った。

「来てくれて、ありがとう。ごめん……悪いけど、帰ってくれるか？」

「三浦……」

堂島の声は優しくて、気遣《きづか》っている響《ひび》きを含《ふく》んでいた。それでも俺は、堂島に顔を見せることができなかった。

意地でも「由布子さんとおしあわせに」なんて言わない。言えない。言えない自分を、なんて嫌《いや》な奴《やつ》なんだろうと思った。

「……店、やっぱりやめるのか？」

「うん」

だからもう、俺には会わずにすむから。言外にそういう意味を込めると、堂島はひどく長い間黙り込んだ。思い出したように窓の向こうでさらさらと雨の降る音がした。

背後の沈黙《ちんもく》が痛い。早く行ってくれないだろうか。でもまだ行って欲しくない。これでもう二度と会えなくなる。会えないと思うと心がちぎれそうだ。でも会えない。会わない方がいい。

寂しい。愛《いと》しい。悲しい――

「じゃあ……」

かすかな衣擦《きぬず》れの音がした。ひそやかな、俺から遠くなる足音。

部屋のドアが閉じる音がした時、自分が世界で一番、一人ぼっちな気がした。

恋《こい》は終わった。二度目の終わり。一度だけなら、再会しなかったら、こんなにつらくはなかっただろうけど。

数日の間、俺はただぼんやりとして過ごした。からっぽになるってこういう気分なんだと思った。何もやる気が起きない。誰にも会いたくない。ベッドから起き上がることすら億劫《おっくう》だった。

一週間ほどがたった頃《ころ》、電話があった。フローリスト・ジュンの店長だった。店長は、もしまだ花屋の仕事を続ける気があるのなら、知り合いの店が人手を欲しがっているから、と話した。やめる理由は話さなかったけど、花の仕事はずっと続けたいって前に話したことがあったのを覚えてくれていたらしかった。

ありがたい、と思った。どうせ今の俺には仕事くらいしかやることがない。

紹介《しょうかい》してもらった店に面接に行った日の夜、志野田に誘《さそ》われて飲みに出た。志野田は俺がまた仕事をやめたと聞いて呆《あき》れていたけど、自分でやめたくせに落ち込んでいる俺を元気づけようとしてくれているみたいだった。

たいして強くないくせに、俺はグラスを次から次へと空けた。ビール。それから焼酎《しょうちゅう》。俺を気遣ってくれている志野田の明るくて軽い話に、バカみたいに笑った。心がからっぽになると、不思議と笑いはいくらでも出た。

「あー、ったく。おまえまっすぐ歩けてないよ。俺につかまれよ、ほら」

今までにないくらいしたたかに酔《よ》っ払《ぱら》って、志野田に世話を焼かれるはめになった。電車の中ではずっと気分が悪くて、気がついたら志野田に腕《うで》を取られて歩いていた。

「今日は俺んち泊《と》まってけよ。な？　うちの方が近いし、おまえ一人で家まで帰れる状態じゃないから」

「…ん…」

いつのまにか梅雨《つゆ》が明けて夏が始まっていた。夜になっても、アスファルトが発する熱で夜気はとろりと蒸《む》し暑い。

半分ひきずられてふらふらと歩いていて、ふと気づいた。見慣れた町並み。毎日通った——そういえば、フローリスト・ジュンは志野田のアパートへ行く途中《とちゅう》にあるんだった。あれから一度も足を向けていない。

もうとっくに閉店している時間だ。誰《だれ》もいない。誰にも会うはずがない。それでも店が近づいてくると、俺の心臓は不規則に乱れた。

いい思い出もたくさんあるし、とてもお世話になった店だ。だけど今はまだ、思い出したくないことが多すぎる。

俺と志野田は、車道を挟《はさ》んで店とは反対側の歩道を歩いていた。できるだけ早足で通り過ぎようとしたんだけど、深夜なのに店の前に人影《ひとかげ》が見えて、思わず足が止まった。

(——嘘《うそ》だ)

大きな道路じゃないし、遅《おそ》い時間だから通る車もあまりない。街灯に照らされて、その姿ははっきりと見えた。

(堂島)

堂島が、いた。由布子さんと二人で。ちょうどどこかから帰ってきたところらしかった。

堂島はスーツ姿で、由布子さんは涼《すず》しげなノースリーブのワンピースを着ていた。こうして見ると、本当に似合いの二人だ。由布子さんは仕事中はジーンズを穿《は》いていることが多かったから、新鮮《しんせん》なワンピース姿はとても清楚《せいそ》でかわいらしく映った。

きっとデート帰りで、堂島が送ってきたところなんだろう。よくある光景だ。ドラマみたいなラブストーリー。暗い夜道を送ってくれる、優《やさ》しい恋人《こいびと》。

二人は閉まったシャッターの前で立ち話をしていた。まるで、もう家に着いているのに別れがたくて、一分でも一秒でも長く一緒《いっしょ》にいたいみたいに。

(見るな)

俺はむりやり視線を引き剝《は》がした。

もう見ちゃいけない。区切りがつくなら、って堂島は言った。だからもう区切りをつけなくちゃいけないんだ。好きでいちゃいけない。忘れないといけない。見るたびに好きになるなら、もう見ることも許されない――

「あ、おいっ？」

苦しくて、思わずそこから駆《か》け出した。志野田があわてて追ってくる。酔っているから長くは走れなくて、曲がるはずじゃない角を曲がってすぐに、足がもつれて路上に両膝《りょうひざ》をついた。

「う…っ」

涙《なみだ》が出た。

「三浦？　どうした、吐《は》きそうか？」

追いついた志野田が、背中に手を置いて覗《のぞ》き込んでくる。

「……るんじゃなかった……」

呟《つぶや》きと一緒に、涙がぽたりと地面に落ちた。

するんじゃなかった。するんじゃなかった。

なんであんなことしたんだろう。気持ちも通い合っていないのに、身体《からだ》だけのセックスをした。一時だけ満たされたって、自分のものになった気がしたって、そんなの惨めな偽物《にせもの》でしかない。あとには愛されない、届かない気持ちが残るだけだ。

ぼろぼろの残骸《ざんがい》になって。

「う、うっ……ああ――」

もっと恋を大切にしたらよかった。自分で自分を傷つけて、初めてわかった。誰にも大事にしてもらえない、かわいそうな想《おも》い。せめて俺だけでも守ってあげればよかった。

真夜中の路上でうずくまって、終わった恋に時間差で俺は泣いた。涙は生ぬるいアスファルトに落ちて、雨粒《あまつぶ》みたいな染《し》みになった。

「なあ、大丈夫《だいじょうぶ》か？　三浦……」

……いつかまた、もう一度誰かを好きになったら。

そんなことがあるなんて今はまったく思えないけど、でももしも、この先そういうことがまたあったら。

そうしたら、こんな恋は絶対にしない。好きな気持ちで自分を傷つけるようなことは、もうしない。

――俺は堂島が好きで好きで好きで。

どうしたらいいのかわからないくらい、ただ好きで。

なのにもう、見ることもできない。

セックスしたら、恋が終わった。

あれは俺の弱さ。

もうあんなことは絶対にしない。

あんな悲しい恋は、二度としない――

ラブソングみたいに

ラブソングみたいな恋《こい》なんて、本当はどこにもないと思っていた。

恋はあると嬉《うれ》しいけどなくても困らないケーキみたいなものだ。

生きるのに必要な食べ物や水じゃないから、本当はなくたって死んだりしない。しないのをみんな知ってるくせに、「あなたがいなくちゃ生きていけない」なんて言ったりする。

街にあふれている歌はラブソングばかりで、まるで恋をしない人間は欠陥品《けっかん》だと言われているみたいだ。みんなそんなに恋をしていないと不安なんだろうか。そんなに信じているんだろうか。体の中のどこにあるのかもわからない、手でも触《ふ》れられない、嘘《うそ》か本当かわからないものを?

ふわふわして甘くて、べたべたして頼《たよ》りなくて。

ちなみに俺は甘いものが苦手で、ケーキも苦手だ。

「堂島《どうじま》——好きなんだ」

同級生からそう言われた時、俺はわずかに鳥肌《とりはだ》が立った。高校三年の時のことだ。

真冬の真夜中、暗くて静かな部屋だった。その同級生は男だったけど、べつに同性だから気持ちが悪かったとか、そういうことじゃない。たしかに驚《おどろ》きはしたけど、相手が女でも、たぶん俺は鳥肌を立てただろう。誰《だれ》だって、誰かにあんなふうに告白されたら、きっと怖《こわ》いような血が逆流するような、変な感じがする。

剝《む》き出しの、こっちが痛くなるような生の感情があって。

彼は涙《なみだ》を流していた。好きなんだと言って。

どうしてそんなふうに他人に自分をさらけ出せるんだろう。自分のどこに、そんなふうに人を動かすものがあるんだろう。

わからなくて、不思議だった。彼にとって自分が必要な人間だとは、どうしても思えなかったから。

その同級生とは卒業して会わなくなったけど、あの鳥肌の立つ感じは、俺の中にずっと消えずに残った。少しだけ苦い、かすかな違和感《いわかん》として。

もう一度その同級生——三浦郁彦《みうらいくひこ》に再会するまで。

1

俺はケーキが苦手だけど、母親は少女のように甘いものが好きな人で、ケーキ作りが得意だった。なにしろ仕事は料理研究家兼《けん》料理教室の講師だ。さらに自宅でケーキ作りの教室を開いていた。

父親は俺が七歳の時に病気で他界している。子供の俺からすると、見上げるように大きな人だった。しっかりした体格に大きな手。強くて優《やさ》しい父は俺の憧《あこが》れで、大人になったらあんな男になるんだと思っていた。

だけど職場で倒《たお》れて入院して以来、父は何かの冗談《じょうだん》みたいにぐんぐん痩《や》せ細っていった。死ぬ直前には、全身が細い木の棒みたいだった。その父が、かさかさに乾《かわ》いた手で俺の手を握《にぎ》り、「慎一《しんいち》、母さんを頼《たの》むな」と言った時、俺はとても大切でとても重いものを、丸ごと手渡《てわた》された気がした。子供の心には全世界のように重いものを。

——お母さんは僕が守らなきゃいけない。僕がしっかりしなくちゃいけない。僕以外、もう誰もいないんだから。

母親は見た目も少女のような人だった。細身で色白で、いつもにこにこ笑っている。子供の頃《ころ》の俺は、お母さんは春みたいな人だと思っていた。それでもやっぱり父が死んだ時は身も世もなく泣いて、泣き疲《つか》れた後は幽霊《ゆうれい》みたいになっていた。俺は母の手を握って、自分は泣かないように我慢《がまん》して言った。

「僕がお父さんのかわりになるよ。早く大きくなって、お母さんを守るよ」

母は涙をこぼしながら、それでも笑って、俺をきつく抱《だ》き締《し》めた。

「お母さんには慎一がいるもんね。慎一がいれば、お母さん大丈夫《だいじょうぶ》よ」

それまでパートとして勤めていた料理教室の仕事を、母はフルタイムの勤務に変えた。そのかたわら本を出版したり、ケーキ教室を開いたりして、朝から晩まで働くようになった。

俺は母の負担を少しでも減らせるように、できることはなんでもやった。掃除《そうじ》をしたり、洗濯《せんたく》をしたり。それでもコンロや包丁は、危ないからと長いこと触《さわ》らせてもらえなかった。俺が怪我《けが》をしたり危ないことをしたりすると、母は普段《ふだん》の穏《おだ》やかさが嘘みたいに取り乱す。母に泣かれるのが、何より一番つらかった。

中学生くらいになると、身の回りのことはほとんど自分でできるようになった。家計の足しにと、年をごまかしてバイトもした。バイトなんていいから好きなことをしなさいと言われたけど、やりたいことなんて何もなかった。俺は母を守らなくちゃいけない。だから自分のことは後回しでいい。だってお父さんとの約束だから。

それ以上に大切なことなんて、何もないから。

早く。早く大人になりたい。それればかりを考えて、子供時代を過ごした。

だから十四歳の時に母が家に男の人を連れてきた時、俺はなんだか立っている地面が揺《ゆ》らぐような感じがした。その人は物腰《ものごし》やわらかな立派な紳士《しんし》で、大手食品会社で重役のポストについていた。

とてもいい人だった。俺にも変になれなれしくせず、適度に距離《きょり》を保って鷹揚《おうよう》に接してくれる。ずっと仕事に打ち込んでいたせいで結婚《けっこん》できなかったらしく、あまり女性慣れしていなくて、仕事で知り合った母のことはほとんど溺愛《できあい》といっていいくらいに愛しているみたいだった。この人は母をとても大切に思ってくれている。最初の会食の席で、それは充分《じゅうぶん》にわかった。

それまで俺は高校を卒業したら働こうと思っていたけど、彼は俺に熱心に大学進学を勧《すす》めてきた。「大学はできれば行っておいた方がいいよ。見聞が広がるからね。お金のことは何も心配しなくていいから」そう言ってすぐに、「あ、まだプロポーズにＯＫしてもらったわけじゃ

なかった ね」とひとしきり照れて笑った。

いい人だ。この人なら大丈夫だ。何度も自分にそう言い聞かせた。だけど俺の父親はもっと背が高かった。もっと広い背中をしていた。あんなふうに目尻《めじり》を下げて笑ったりしない。俺の父親はもっと――……

もういない父と比べてあら探しをする自分を、なんて嫌《いや》な人間なんだろうと思った。

そうして母は再婚《さいこん》して、俺と母は彼の持ち家の立派な一戸建てに移り住んだ。それまで住んでいた狭《せま》くて小さな市営住宅と比べると、夢のように広くて綺麗《きれい》な家だった。

だけど俺はどうしても、その家に馴染《なじ》めなかった。どんなに広くても、自分の部屋をもらえても、そこには俺の居場所がない。母の家かもしれないけど、俺の家じゃなかった。

一緒《いっしょ》に暮らし始めてからも夫婦《ふうふ》仲は円満で、母はとてもしあわせそうだった。立派な家。保障された生活。どこにでもあるような、穏やかな幸福。俺はなんだか手の中がからっぽになった気がした。

理不尽《りふじん》なのはわかっているけど、持っていたものを取り上げられたみたいだった。はたから見れば重い荷物だったかもしれない。子供の手には余るものだったかもしれない。だけど俺には、とても大切な荷物だった。荷物がないと、急に自分が何をしたらいいのかわからなくなる。自分の軸《じく》すら、曖昧《あいまい》に思えてくる。

初めて人を好きになったのは、ちょうどその頃だ。母親が再婚して、半年ほどがたった冬。その人は、新しい家のキッチンで母親が開いていたケーキ教室の生徒だった。地味な服装に地味な髪型《かみがた》のおとなしげなOLで、十近く年下の中学生相手に、話すたびに顔を赤くした。

彼女は母も義父も留守にしていた日曜の午後に、突然《とつぜん》うちにやってきた。

「あの、先生にお願いがあって……キッチンを使わせてもらえないかと思って……」

玄関先《げんかんさき》でそれだけ言って、真っ赤になってうつむいた。

「母は今日は父の仕事関係の人の結婚式《けっこんしき》に出席していて、帰りは遅《おそ》くなります」

一人で留守番をしていた俺は、必要以上に堅苦《かたくる》しく答えた。俺より背の低い彼女は、ますます肩《かた》を縮めた。

「そう…ですか。ごめんなさい。あたしったら非常識なことを……」

うつむいたままの顔が泣きそうだった。思わず俺は付け加えた。

「でもキッチンは夕食までは使わないし、どうせレンジで温めるだけですから、べつに使ってもかまわないですよ」

彼女はぱっと顔を上げて、数秒、俺を見つめた。それから、とろけるように微笑《ほほえ》んだ。

オーブンが壊《こわ》れちゃったの、と申し訳なさそうに彼女は説明した。だけどどうしても今日中にケーキが焼きたくて、と思いつめたような顔で言った。翌日はバレンタインデーだった。

キッチンカウンターの椅子《いす》に座って、真剣《しんけん》な顔でチョコレートケーキを作る彼女とぽつぽつと話をした。渡《わた》したい相手には、どうやら片想《かたおも》いをしているらしい。会社の先輩《せんぱい》で、入社以来ずっと好きだったという。だけどその先輩は地方の支社への転勤が決まってしまった。だからどうしてもその前に告白したい。自分には他《ほか》に取り得がないから、せめて手作りのチョコレートケーキを贈《おく》りたい――顔を赤くして、彼女はそう話した。

「がんばってください」

社交辞令のつもりで言うと、赤い顔のまま「慎一くんは優しいね」と笑った。その笑顔《えがお》を、かわいいなと思った。ずっと年上だけど。

彼女から電話があったのは、翌日の夜だ。電話の声は消えそうに細かった。

「……慎一くん？　ごめんね。電話なんかして……」

泣きそうな声。この人の声はいつも今にも泣き出しそうだ。

今いる場所を聞いて、俺はすぐに家を出た。彼女はラッピングされたままのケーキを持って、一人で喫茶店《きっさてん》にいた。話を聞くと、ケーキは受け取ってもらえなかったという。片想いの彼氏には、これから転勤で帰る故郷に結婚を約束した恋人《こいびと》がいるんだそうだ。

せっかく応援《おうえん》してくれたのにごめんね、と笑う唇《くちびる》が震《ふる》えていた。だからこのケーキは捨てるの、とうつむく彼女に、「捨てるんなら俺にください」と言った。そうして、その場でホールのチョコレートケーキを丸ごと食べ始めた。

甘い。歯が浮《う》いて、舌が痺《しび》れそうだ。だけど俺は淡々《たんたん》と、白飯でも食べるみたいにケーキを口に運んだ。周りのテーブルの客が呆気《あっけ》に取られた顔でこっちを見ていた。

「慎一くん、あの、無理しなくていいのよ。何もここで全部食べなくても……」

「おいしいから」

うろたえる彼女にかまわず、俺はケーキを食べ続けた。半分にも到達《とうたつ》しないうちに、胸焼けがして吐《は》きそうになってきた。目尻に涙《なみだ》が滲《にじ》む。でも手は止めずに、むりやりブラックコーヒーで流し込んだ。

　すると、いきなり彼女が吹《ふ》き出した。胸と口に手をあてて、身を折って笑う。その頰《ほお》に、ほろほろと涙がこぼれた。

「慎一くん、涙出てるよ。もしかして甘いもの苦手なんじゃないの？」

「平気です」

「……ありがとう。優《やさ》しいね」

　泣きながら笑った顔は、俺の胸をぎゅっと締めつけた。

　彼女を今すぐ抱きしめられたらいいのに。

　その思いは唐突《とうとつ》に、だけど最初からそこにあったみたいに、胸の中をいっぱいにした。

　この人を守りたい。泣かせず、傷つけず、いつも笑わせる力が自分にあったらいいのに。

　でも俺は子供だった。泣いている人に、ろくな言葉もかけられない。

　彼女とは、その後二度ほど会った。二度目に会った時、彼女は会社を辞《や》めてカフェに勤めることになったと話した。ケーキ作りを仕事にするの、と笑っていた。

　それで、終わった。恋《こい》にもならなかった、ただの切れ端《はし》みたいな出来事。

　それからしばらくして、同級生の女の子から告白されてつきあい始めた。小柄《こがら》で元気な子で、俺の隣《となり》で小鳥みたいに始終楽しそうに喋《しゃべ》っていた。いつもポケットにチョコレートやキャラメルを入れていて、やたらに俺にも食べさせたがった。キスもチョコレートの味がした。彼女のお喋りを聞いているのは楽しかったけど、高校が別々になって、その子とはそれきりになった。

甘い恋。甘い女の子たち。みんな舌の上で溶《と》けて消えてしまう。

早く結婚したいな、とぼんやり考えるようになったのは、たぶんその頃《ころ》からだ。

早く大人になりたい。大人になって、自分で稼《かせ》げるようになって、自分の家を作りたい。

立派な家じゃなくていい。小さな家でいい。アパートでも。そこで、大切な人と穏やかに暮らす。

甘いだけの恋もいいけど、もっとたしかなものが欲しかった。両腕《りょううで》で抱《だ》きしめて、ずっと離《はな》さなくていいもの。

結婚したら、相手を守ることを自分の仕事にして、一生大事にしてしあわせにする。どんな小さな不幸も近づけないようにして。そういうことのできる人間になる。

そうして、しあわせなままその人が死んだら。最期《さいご》のその顔が笑顔だったら。

その笑顔を眼《め》に焼きつけて、次の瞬間《しゅんかん》に死んでしまいたい――


中学を卒業する頃、義父は海外への栄転が決まって、母親は一緒についていくことになった。ずいぶん誘《さそ》われたけど、進学する高校も決まっていた俺は、日本の大学に行きたいからという理由で新しい家に一人で残った。

その一人では広すぎる家にいきなり飛び込んできたのが、三浦だった。

三浦郁彦は高二の時のクラスメイトで、それまでは特に親しくもない、単なる同級生だった。人あたりがよくて明るくて、適度にノリがよくて、たいがいの人間とうまくやっていけるタイプだ。少し頼《たよ》りなさそうな外見をしているけど女っぽいわけじゃないし、くせのないさわやかな顔立ちで、女の子の受けもよかったように思う。

俺が三浦について知っていたことなんて、それくらいだ。だから、急に彼が俺の生活に入り込んできた時は、正直とまどった。

「よかった」

風邪《かぜ》をひいた俺を泊《と》まり込みで看病してくれた後、熱が下がったのを確認《かくにん》して、三浦はそう言って笑った。心底ほっとした顔だった。なんの含《ふく》みも、打算もない笑顔。

三浦はすごく自然に、ずうずうしさも押しつけがましさもなく、俺のテリトリーにするりと入ってきた。一人暮らしのクラスメイトが風邪をひいているからといって、さして親しくもない人間の家にわざわざ様子を見に来たあげく泊まり込みで看病するなんて、驚《おどろ》くほど人がいい。

そうして三浦は、そのままよく家に遊びに来るようになった。特別なことをするわけじゃなく、ただ一緒に過ごすだけ。俺は友人関係が薄《うす》い方だから、「友達」という立場であれほど近くにいた他人は、三浦が初めてだった。

無防備な笑い顔。不思議に気詰《きづ》まりじゃない沈黙《ちんもく》。明るい、でも女の子みたいに高くない、耳に馴染むトーンで話す声。誰《だれ》か一人がいるだけで、家の中の空気ががらりと変わる。

「三浦は俺といて、退屈《たいくつ》じゃないのか？」

ある日ふと、そう訊《き》いてみた。俺は文庫本を読んでいて、三浦は寝転《ねころ》がってテレビを見ていた。そんなふうに互《たが》いに別のことをしている時も多くて、気がつくとずっと言葉を交わしていなかった。

「退屈だなんて思ったことないけど……あ、俺、ひょっとして邪魔《じゃま》かな」

「そんなことないけど。ただ俺、あんまり喋る方じゃないからさ」

「べつに一緒《いっしょ》にいるからって、喋んなくてもいいんじゃない？」

さらりと三浦は言った。

「喋りたくなったら俺は勝手に喋るし。うるさかったら、そう言ってくれていいよ。でも俺、堂島と話をするのも、黙《だま》ってるのも、どっちも好きだな」

言ってから、三浦はちょっとあわてた様子で照れた顔で笑った。

何かしてあげなくてもよくて、肩の力が抜《ぬ》けて、沈黙が気にならない。そういう空気は女の子と一緒にいる時のものとは別で、とても心地《ここち》がよかった。

その三浦に視線で追いかけられるようになったのがいつからのことなのか、俺にははっきりとはわからない。

それは重くもないし悪意も感じられない、かすめるような視線だった。でもどこか底の方がちりりと熱い。視線に気づいて振《ふ》り返って目が合うと、三浦はすぐになんでもないように顔を逸《そ》らした。

ささやかな呼び声みたいな、だけどつかまえられない視線。

俺は三浦に好感を持っていたし、見られるのは嫌《いや》なことじゃなかった。ただ、それが続くにつれて、その視線をつかまえて意味を知りたいと思うようになったけど――

「好きなんだ」という言葉で、その意味はようやくわかった。驚く反面、ああそういうことか、とどこかで納得《なっとく》した。

甘い恋ならいくつかした。高校に入ってからつきあった子もいたけど、あまり積極的になれなくて、いつも長続きしなかった。彼女たちはみんなふわふわしていて優しくて、一時の慰《なぐさ》めをくれた。好きだと言われるのは悪い気分じゃないし、見つめられるのも嫌じゃない。ぽんぽん弾《はず》むゴムボールみたいな笑い声も、自分とはまったく違《ちが》うやわらかい体も、触《ふ》れているのは気持ちがよかった。――ただ、気持ちがいいだけ。

あの頼りない視線に隠《かく》された熱さ。あれは、そういうことだったのか。

だけど男の三浦と恋愛《れんあい》をする気には、とうていなれなかった。それを告げると視線はぴたりとやんで、三浦は俺の視界から姿を消した。

かすかな熱の違和感《いわかん》だけを残して。

2

それが五年前の、高校卒業前の冬のことだ。

「慎ちゃん？」

その声で、俺は我に返った。

俺を見上げてくる、恋人《こいびと》の瞳《ひとみ》。急いで意識を現在に引き戻《もど》した。

「そうだ。新しい人が入ってくれたんだって話したわよね。紹介《しょうかい》するね」

「知ってるよ。三浦……三浦郁彦」

三浦は、幽霊《ゆうれい》にでも会ったような顔をしていた。もういないはずの人間を見ているみたいな。

「えっ。なんで知ってるの？」

「高校の時の同級生だったんだ。ひさしぶりだな、三浦」

俺は三浦に向かって軽く笑いかけた。笑うのなんて、簡単にできる。その場限りなら。昔からそういうのは得意だった。自分が大人になった気がするから。

三浦は、ほとんど変わっていなかった。そのままだ。明るい色の目をした、くせのない顔立ち。ラフなスタイルの髪《かみ》。髪の色が少し茶色くなったかもしれない。キャラメルの色だな、となんとなく思った。仕事が花屋だからジーンズの軽装で、そのまま高校生と言っても通りそうだった。

その変わらなさに、ふっとあの鳥肌《とりはだ》の立つ感じを思い出した。三浦のことを忘れたことはなかった。あんな告白をされたら、忘れようとしたって忘れられない。

——堂島、頼《たの》むから……。

震《ふる》えながら俺に触れた指。今まであんなふうに、さわっちゃいけないものにさわるみたいに、俺に触れた相手はいない。

「ひ…ひさしぶり」

やっぱりどこか怯《おび》えた、ひきつった笑いを三浦は頬《ほお》に浮《う》かべた。

「えー、ほんとに？　驚いた。すごい偶然《ぐうぜん》だね」

かたわらで由布子《ゆうこ》が楽しそうに笑う。俺は彼女に笑《え》みを返した。

三浦から由布子に視線を戻すと、五年だ、とあらためて思う。あれからもう五年がたっている。いくら三浦が変わっていなくたって、あれは過去のことだ。俺も三浦ももう学生じゃないし、俺には恋人がいる。三浦だって気まずいだろうし、きっとあんなこと、もう思い出してほしくないだろう。

なかったことにしよう。俺は胸の内で考えた。それが一番いい。きっと三浦もそう望んでいるに違いない。

そのあと、三浦も一緒に由布子の家族と食事をした。素直《すなお》で人あたりのいい三浦は、水野家《みずの》の人たちにずいぶんかわいがられているみたいだった。

会社員が肌《はだ》に合わなかったという三浦は、店先に貼《は》られたアルバイト募集《ぼしゅう》の張り紙を見て、本当に偶然に由布子の家の経営するこの花屋に来たらしい。由布子の母親に「そろそろ慣れた？」と訊かれて、「はい。仕事を覚えるのは大変だけど、楽しいです」と笑っていた。

駅まで並んで歩く帰り道、三浦はあまり俺を見なかった。口数も少ない。まだ夜風の冷たい春の浅い頃《ころ》で、三浦は寒そうに首をすくめていた。茶色がかった頭を見下ろす身長差の感じをなんとなく覚えている。高校の時のあのことは、暗黙《あんもく》の了解《りょうかい》みたいに俺も三浦も口にしなかった。だから、俺は思った。やっぱり、なかったことにした方がいいんだと。

「じゃあ、俺はこっちだから……。またな、三浦」

改札の手前で三浦と別れて、ホームに向かう。ちょうど電車が到着《とうちゃく》したところで、出口に向かう人たちがどっと流れてきた。俺はその流れに逆行して、人波を縫《ぬ》って歩いた。

その途中《とちゅう》、ふわりと背中を視線で撫《な》でられたような気がして、俺は立ち止まった。

覚えている。あの──かすめるような、それでもどこか熱い、視線。

振り返って、人ごみ越《ご》しに目を凝《こ》らした。

だけど三浦はいなかった。少し頼りないような薄い体は、かき消されたみたいにもうどこにも見つけられなかった。


由布子はひとつ年上で、だけどあまり年齢《ねんれい》を感じさせない、やわらかい雰囲気《ふんいき》を持った女だった。見た目はおっとりしているけど、芯《しん》はけっこう強い。たとえれば、高く幹の太い樹木や色鮮《いろあざ》やかな花じゃなくて、風に逆らわずになびくしなやかな草みたいな。

初めて会った時、彼女は他《ほか》の男と言い争いをしていた。その男は別れた元恋人だったと後で知ったけど、からまれていると思った俺は、つい手を出してしまった。それがなれそめだった。一年くらい前のことだ。

由布子の元恋人のアキという男は、舞台《ぶたい》役者だった。そこそこ整ったきつめの顔に、俊敏《しゅんびん》そうな体つきをしている。劇団に所属しているそうだけど、あまり売れていないらしかった。だけどアルバイトも続かない。由布子に未練を持っていて、しょっちゅう会いにきたりしてつきまとっていた。

「私といると、アキはますますだめになると思うの。年下で幼なじみだから、つい甘やかしちゃうし……」

つきあい始める前、俺は由布子からアキのことで何度か相談を受けていた。

「私も、ふらふらしてるアキと一緒にいるのつらいし。だから、もういいの。私にはアキを変えられなかったんだし。アキは私に執着《しゅうちゃく》してるけど、そのうち他に好きな子ができたら、きっと私のことなんてすぐに忘れるわ」

慎一くんにも迷惑《めいわく》かけてごめんね、とすまなそうに由布子は言った。

だらしがなくていいかげんで、なのに独占欲《どくせんよく》が強い。そんなアキとつきあっている間、由布子はずいぶん振り回されて、傷ついたらしかった。あんな男よりも、俺は彼女をしあわせにすることができる。俺には自信があった。だから、由布子に交際を申し込んだ。

俺には彼女が必要だ。ずっと中途半端《ちゅうとはんぱ》にしか埋《う》まらなかった俺の中身を、埋めてくれる相手。彼女といると、俺の心は凪《な》いだ海のように穏《おだ》やかになる。底まで光の差し込む、温かい春の海。波風も立たない。

それは俺がずっと欲しかったものだった。優《やさ》しくして、守ることのできる相手。俺を必要としてくれる相手。俺には彼女との未来が容易に想像できた。小さくてもあたたかい、穏やかな家庭。平凡《へいぼん》で、どこにでもあるような幸福。

（それ以外に欲しいものなんてない）

彼女のような女がそばにいてくれたら、きっと俺はどんなことにも耐《た》えることができるだろう。死ぬまでの長い間を、彼女をしあわせにすることだけを考えて生きていくことができるだろう。

だからもう俺は、甘いだけの恋《こい》はしない。もう三、四年して、それなりに給料が上がって貯金ができたら、彼女に結婚《けっこん》を申し込むつもりだった。

その由布子と三浦が、一緒《いっしょ》に働いている。

気にならないわけじゃなかった。だけど三浦はべつに由布子と気まずくなることもなく、普《ふ》通《つう》に仲良くやっているらしい。俺に対しても、最初のうちこそぎこちなかったものの、すぐに以前と変わらない態度で接するようになった。

「俺、そんなに変わってない？　典型的モラトリアムだからなあ。でも堂島も、あんまり変わってないよ」

「そうか？」

「うん」

俺を見て、ほどけるように三浦が笑う。三浦が笑うと、俺はなんだかすごく安心する。高校の頃に戻ったような気がする。よく俺の家に遊びに来ていた頃。

三浦のそばはいつも居心地《いごこち》がよかった。肩《かた》の力が抜《ぬ》けて、気負わなくてよくて。俺をそのまま受け入れてくれている気がした。三浦は昔から、そういう空気をくれる存在だった。

このまま昔に戻れるだろう。俺はそう期待した。三浦はきっと俺のことは、もうなんとも思っていないに違《ちが》いない。あたりまえだ。あれから五年もたっている。その間一度も会わなかったんだし、三浦だって他に好きな人ができたり、つきあったりしただろう。

(三浦の恋人)

由布子の家で食事をした帰り、隣《となり》を歩くキャラメル色の髪や寒そうなうなじを見下ろしながら、俺は思うともなく思った。

やっぱり男が相手なんだろうか。俺に似たタイプの奴《やつ》かな。それともまったく別の……

急に三浦が顔を上げて、俺を見上げた。曇《くも》りのない目で。俺は無意識に小さく息を呑《の》んだ。

「——なに?」

「……なんでもない」

一瞬《いっしゅん》だけ、ちらりと盗《ぬす》むように思った。

他の男相手でも、あんなふうに泣くんだろうか。


四月の異動から一か月ほどが過ぎると、ようやく新しい部署の人間関係も覚えて、そこでの仕事の流れがだいたい把握《はあく》できるようになってきた。

俺の勤務先は建設会社で、現在の配属先は積算課だ。簡単にいうと、見積もりを作る部署だ。

工事に必要な資材、労務、機械台数などの数量を算出して積算書を作り、その算出した数字に単価をかけて、見積もりを出す。単に見積もりといってもうちは鉄筋のビルやマンション建築がほとんどだから、ひとつの工事の積算には多くの時間と人手がかかった。数量を拾い、計算し、集計、分類して、値入れをする。細かな計算とチェックの繰《く》り返し。地道で神経を使う仕事だけど、設計の勉強にもなるし、やりがいはあった。

大学では一応の基礎《きそ》を勉強したけど、すぐに実務の役に立てるわけもなく、俺は先輩《せんぱい》社員の指導の下でサポートをしながら少しずつ仕事を覚えていた。五月の半ば、ちょうど抱《かか》えていた案件がひと区切りついて営業部との打ち合わせから戻《もど》る道すがら、「飲みに行くか」と先輩に誘《さそ》われた。

「すみません。今日は前々からの約束があって」

「ん？　デートか？　そういや、君はつきあいが悪いってうちの女の子たちがぼやいてたぞ。ひさしぶりに積算に新人が来たのに、誘ってもちっとも乗ってきてくれないって」

「俺、身持ちが堅《かた》いんで、ってことにしといてください」

「ははは。彼女持ちかあ」

十以上年上のあっさりした性格の先輩は、眉《まゆ》を下げて笑った。

「林《はやし》さんこそ、このところ残業ばかりだったでしょう。今日くらい早く帰ってあげたら奥さんが喜ぶんじゃないですか」

「ん？　うち今、別居中。ついでに言うと、離婚《りこん》調停中ね」

俺は反射的に林さんの顔を見て、それから下を向いた。

「……すみません。知らなくて……」

「あ？　いいよ。べつに失礼なことでもなんでもないし。なんかね、結婚する時はあんなにあっさりあっけないくらい簡単にできたのに、別れるのってめんどくせえなあって感じだよ。もう、ただ面倒《めんどう》なだけ」

「そんなものですか」

「そうね。モノとかカネとか、リストにしてさ、いちいち代理人立てて話し合って、記録して。うちは子供がいないからまだましだけど、今まで積み上げてきたもの全部、人前で秤《はかり》に載《の》せて分類してる気がする。……ああ、積算書作るのとちょっと似てるかもな。この家庭には、これだけの資材がかかりますって」

「……」

「結局さあ、家族をやめちまったら、後に何も残らないんだよな。あるのは物だけ。俺はけっこう早くに家建てたけど、家建ててやったんだから女房《にょうぼう》はそこに収まってりゃいいんだって、たぶんどこかで思ってたんだよなあ。だから、ついていけないなんて言われるんだ。今はもうからっぽの家が残ってるだけで、家庭なんてどこにもないよ。男は結婚すると、俺が大黒柱だ、俺がいないとだめなんだって思っちまうけど、そんなの男のひとりよがりで、ただの錯覚《さっかく》なんだよなあ」

最後の方は、自分に言い聞かせているひとりごとだった。俺の視線に気づいて、林さんは照れ笑いをして頭をかいた。

「いや、これから結婚する若者に、よけいなことを言っちまったな。悪かった。まあ、仕事と同じで間違《まちが》えると修正が面倒だから、結婚する時は慎重《しんちょう》にしなさいよってことだ」

「…はい」

他《ほか》の社員を誘って飲みに行くという林さんと別れ、社を出る。帰路の途中《とちゅう》にある由布子の店へ向かった。今日は一緒に芝居《しばい》を観にいく約束をしていた。電車内はまだすいていて、ドア脇《わき》のポールにもたれて立つ。窓の向こうの夕闇《ゆうやみ》の街に自分の顔が重なって映った。

(ひとりよがり)

べつに刺《さ》さったわけじゃない。ほんの少し、痛かっただけだ。

家庭を作ってそれを守っていきたいと思うのは、男のひとりよがりだろうか。だけど俺には、誰《だれ》かを死ぬまでしあわせにするそれ以外の方法がわからなかった。

フローリスト・ジュンに着いて中に入ると、店内に由布子の姿が見えなかった。俺を見つけて、エプロンをつけた三浦が小走りに近寄ってくる。

「堂島。あのさ、由布子さん、ちょっと熱が出ちゃって……」

「熱？」

ずいぶん忙《いそが》しかったらしい母の日の疲《つか》れが出たのか、由布子は店の上階の自室で伏《ふ》せっていた。俺に謝っておいてほしいと言っていたという。三浦の話を聞いて、俺は奥にいた店長に声をかけて、よく知っている家に上がって彼女の様子を見にいった。

ベッドで横になっていた由布子は、俺の顔を見るとあわてて起き上がろうとした。

「慎ちゃん」

「いいから。寝《ね》てて」

「……ごめんね。せっかくチケット取ったのに、一緒に行けなくて」

眉を下げて、叱《しか》られた子供みたいに情けなさそうな顔をしている。子供の頃《ころ》から、がんばりすぎたり気持ちが過剰《かじよう》に昂《たか》ぶったりすると、よく熱を出していたと聞いたことがあった。あまり体は丈夫《じようぶ》じゃないみたいだった。

「大丈夫だよ」

俺はベッドのそばに椅子《いす》を持ってきて座り、布団《ふとん》の上に出ている由布子の手をゆるく握《にぎ》った。由布子は俺を上目遣《うわめづか》いに見て、小さく笑う。

(ひとりよがりじゃない)

そう思いたい。こんなふうに頼《たよ》りなく横になっている由布子を見ていると、彼女のそばにいて守ってやりたい、と心から思う。彼女には、俺が必要だ。きっと彼女もそう思ってくれているはずだ。

「チケットもったいないから、お芝居は三浦くんと行って。ね?」

「三浦と? そうだな…。でも由布子が具合悪いんだったら、俺、ここにいて看病しようか」

「何言ってるの。いいよ、そんなの。熱もそんなに高くないし、寝てれば治るんだから。それより私のせいで行けなくなるの嫌《いや》だから、慎ちゃんは三浦くんとお芝居に行って。ね?」

「わかったよ」

一生懸命《いっしょうけんめい》言いつのる様子に苦笑いして頷《うなず》くと、由布子はほっとしたように息をついた。

「三浦くんね、いい子だよね」

「そうだな」

「お店でもすごくがんばってくれてるの。高校の頃、よく慎ちゃんちに遊びに行ってたんだって？　慎ちゃんの高校生の頃のこと、いろいろ教えてもらってるんだ」

「普通《ふつう》だろう」

「普通のこと聞くの、楽しいよ。慎ちゃんはすごくかっこよかったって三浦くん言ってた。制服姿、見たかったな」

ふふふ、と笑う由布子に、俺は黙《だま》って笑《え》みを返した。

「弓道《きゅうどう》やってたんだよね？　それも見たことあるって。最近はやらないの？」

「忙しいからな…。近くに弓道場もないし」

「見たいな」

「そのうち、機会があったらな」

あまり長く話していても体に障《さわ》るかもしれない。「おみやげ買ってくるよ」と言い残して、俺は由布子の部屋を出た。

三浦は、ごく普通に楽しんでいる様子だった。おもしろそうだと喜んでいる。入り口でチケットを二枚一緒《いっしょ》に渡《わた》した時、「男二人って寒いよな」と笑った。

劇場のソファは適度にクッションがきいていて、なかなか座り心地《ごこち》がよかった。調整された空気に、落とした照明。遠くから聞こえてくる人の声。音楽。

それまでの間かなり忙しくて残業が続いていた俺は、芝居を見ながらいつのまにか寝入《ねい》ってしまった。寝るかもしれない、と三浦に言ってはあったけど。

電車の中やこういう場所で眠《ねむ》るのは、窮屈《きゅうくつ》なのになぜか気持ちがいい。それでも、電車で眠り込んでも意識のどこかが停車駅のアナウンスを気にしているみたいに、体はすっかり眠っていながら、俺は周囲の音や自分の状態をぼんやりと感じ取っていた。

だから、自分の体がどんどん斜《なな》めになっていって、ついには隣《となり》の三浦にもたれかかってしまったことも、俺はなんとなく気づいていた。でも起きたくない。とても気持ちがいい。きっと三浦は怒《おこ》らないだろう。だからもう少しだけ、このまま眠らせてほしい――

ふわりと髪《かみ》に触《ふ》れられた気がしたのは、俺が三浦の肩《かた》に寄りかかってしまってから、ずいぶんたってからだった。

でも違《ちが》ったかもしれない。気のせいかもしれない。夢か現実かわからないくらいかすかな、ほんの微量《びりょう》な空気の揺《ゆ》れ。

だけどそのうちに、もう少しはっきりと頰《ほお》に触れる指の感触《かんしょく》があった。たぶん軽く曲げた指の背で、ぎりぎりに触れて、すぐに離《はな》れるのを繰《く》り返す指。怖《こわ》がるみたいに。さわっちゃいけないものみたいに。

（……三浦……）

九割近く眠っている意識の片隅《かたすみ》で、俺はその頼りない感覚を追った。三浦が俺にさわっている。至近距離《しきんきょり》で、俺を見つめている。この視線は知っている。温度すら感じるような視線。かすかにこめかみを撫《な》でる吐息《といき》。

（さわってもいいのに）

完全に眠りに落ちる手前の朦朧《もうろう》とした意識で、ぼんやりと俺は思った。

そんなに怖がらなくてもいいのに。三浦にさわられても、俺は嫌じゃない。羽で撫でるようなあえかな接触《せっしょく》なのに、指先から何かが流れ込んでくるみたいだ。それがあたたかくて気持ちがいい。だからそうしたいなら、好きなだけ触れればいい——

それは夢を見ているのとほとんど同じ、あやふやでつかまえにくい、責任の取れない感覚と感情だった。目が覚めていたら、きっと俺はもっと困惑《こんわく》しただろう。そんなふうには思わなかっただろう。

何か大きな展開があったのか、前方の舞台《ぶたい》で大きな音が鳴る。群衆の騒《さわ》ぐような効果音。行き交《か》うセリフ。その音に紛《まぎ》れて、三浦が小さく何かを言った。ほとんど空気だけのような、形のない声で。

「……」

（……なんて言った？）

それきり、かすかな指の感触は消えた。

舞台がラストを迎《むか》える頃には、隣の席の体はすっかり俺から離れていた。ぼんやりした意識の中で思ったことも、ライトに押し流される暗闇《くらやみ》と一緒に溶《と》けて消える。どんどん薄《うす》まって、あやふやな夢の記憶《きおく》になる。

「やっと起きたんだ？」

目を開けた俺を見て、三浦は楽しそうに笑った。

さっき、ごめん、って声を聞いた気がしたけど、気のせいかもしれなかった。

もしも三浦が、まだ俺のことを好きだったら。

そんな想像には、どこか罪悪感がつきまとっていた。傲慢《ごうまん》で、思い上がっている。思うだけでも三浦に悪い気がする。

だから、極力考えないようにしていた。普通にしなくちゃいけない。普通の、ただの友人。

そもそも俺には恋人《こいびと》がいるんだから。

三浦がもしも俺を好きでも、俺にはどうすることもできないんだから。

けれど意識しないようにしていても、時々ふっと視線を感じることはあった。あの頃と同じ、とらえどころがないのに、底に熱いものを隠《かく》した視線。だけどもしかしたら俺が自意識過剰《じいしきかじょう》なのかもしれない。三浦はただなんとなくこっちを向いているだけで、俺がそこにありもしない視線を勝手に作り上げているのかもしれない。

（だって三浦はそんなそぶりは見せないじゃないか）

そもそも劇場で触れられたのだって、本当かどうかわからなかった。自分では現実の感触をとらえていたつもりでも、本当は全部夢だったのかもしれない。あの指も吐息も、指先から流れ込んできたものも。夢の中でこれは現実だと確信することなんて、よくあることだ。

（どうして俺がそんな夢を見るんだ）

――意識しているからだ。

（違う。三浦が俺を）

――自分だって、忘れていないんだろう？

俺は混乱していた。

視線を感じたような気がして振《ふ》り向くと、三浦は俺なんか見ていない。そんなことが何度もあった。自分の考えていることが三浦にも由布子にも不誠実な気がして、俺には大切な恋人がいるんだからと自分に言い聞かせるように、いつもより優《やさ》しく由布子に接した。だけどそういうところを三浦に見られると、三浦が傷ついた顔をしている――ような気がする。

（めちゃくちゃだ）

意識しないようにすればするほど、三浦の一挙一動、視線の先が気になった。あの時の、

――堂島……好きなんだ
三浦の流した涙《なみだ》や震《ふる》えた指が、今の彼に重なってしまいそうになる。

あれはなんだったんだろう。あの強い、痛いほどの感情。熱くて脈打っていて、血の流れている、心臓みたいな。

あれが恋《こい》なら。

それなら俺は、恋を知らない――

「由布子があんたとつきあってるのは、あんたがオレと正反対の男だからだよ」

乾《かわ》いた目で俺を見て、アキはそう吐き捨てた。

由布子の店に向かう途中《とちゅう》だった。季節は梅雨《つゆ》に入っていて、空はどんよりと灰色に沈《しず》んでいる。この時季特有のこもった空気が重く体にまとわりついた。

アキは道の向こうから歩いてきて俺を見つけて、さも嫌そうに顔をしかめて大きく迂回《うかい》しようとした。俺はその前に立ちはだかった。

「なんだよ」

険のある目でにらみつけてくる。役者をやっているだけあって、低い声はなかなか通りがよくて迫力《はくりょく》があった。

「もう由布子につきまとうのはやめた方がいい」

できるだけ冷静に、けれど怒《いか》りを含《ふく》ませた口調で、俺は言った。

アキは少し前に由布子の店に現れていた。そして由布子が思い通りにならないことに焦《じ》れて、店に並んでいた鉢《はち》を乱暴に払《はら》い落とした。由布子は泣いていた。

「彼女だって、迷惑《めいわく》しているのがわかるだろう？」

「……は」

アキはくすんだ赤錆《あかさび》みたいな色の髪をかきあげて、しらけた感じのため息を落とした。そうして、言った。由布子はオレと正反対の男なら誰《だれ》でもよかったんだ、と。

「あいつ、意地を張ってるんだよ。オレと正反対の男とならうまくいくと思ってるんだ」

「勝手なことを言うな」

「あいつのことは、オレが一番わかってるんだよ。ずっと見てたんだから……」

意外なほどに真剣《しんけん》で、意外なほどに寂《さび》しそうな顔だった。寂しそうで、とても苦しそうだ。

「由布子はあんたのことを、王子様みたいな男だって言ってたぜ。自分を守ってくれるんだって。だけどさ、そんなのただ都合がよくて、いいとこしか見てねえってことだろ？」

「……」

「あんたはあいつにとって、ただの絵に描《か》いた理想だ。そんな相手とおキレイな恋愛《れんあい》やったって、どうせ長続きしねえよ。あんたがどう思ってるか知らないけど、あいつはお姫《ひめ》様でもなんでもない、生身の普通《ふつう》の女なんだから。由布子もそのうちわかる。今はまだ……オレがこんなだから」

うつむいて唇《くちびる》を歪《ゆが》めて、アキは奥歯をきつく噛《か》みしめるような顔をした。

俺はただアキを見返していた。腹が立ったわけじゃない。でも、返す言葉が出なかった。

（ただの絵に描いた理想）

（おキレイな恋愛）

（お姫様でもなんでもない、生身の普通の）

――違《ちが》う。アキは由布子が俺とつきあっているのが気に食わなくて、それでこんなことを言っているだけだ。

「オレ、今度の舞台でけっこう大きい役が決まったんだ。あんたには関係ないことだけどさ。それにバイトも始めた。今度はすぐに放《ほう》り出したりしない。もっとちゃんとした、まっとうな人間になる。さっき、由布子にもそう言ってきた。オレはあきらめないからって」

うつむいたままぼそぼそと喋《しゃべ》る顔は、やけに素直《すなお》でしおらしかった。

アキは身勝手で乱暴だけど、正直でまっすぐだとも言える。傍迷惑《はためいわく》なくらいに。由布子がアキのどういうところが好きだったのか、なんとなくわかった気がした。

「あんたにも言っておくよ。オレは由布子をあきらめない。オレはあいつじゃないとだめなんだ。他《ほか》の誰かじゃなくて、由布子じゃないと」

真正面から俺を見て、アキは言い切った。

（他の誰かじゃなくて）

突《つ》っ立っているままの俺を障害物みたいにひょいとよけて、アキは歩き去った。アキがかなり遠くに行ってから、俺は長く息を吐《は》いた。

少しだけ、彼のことをうらやましいと思った。

店に行くと、由布子が奥の作業テーブルに頬杖《ほおづえ》をついているのが外から見えた。うつむいて、ぼんやりとした顔をしている。店先で三浦がしゃがみ込んで小さな花束をディスプレイしていて、俺を見つけて立ち上がった。

「アキが来たんだろう?」

前置きなしに訊《き》くと、三浦は数回瞬《まばた》きをして、困った顔をして頷《うなず》いた。

「よく来るのか?」

「えーと…」

曖昧《あいまい》に言葉を濁《にご》す。それで、ずいぶん頻繁《ひんぱん》に来ているらしいとわかった。

「あの花は?」

由布子はずっとテーブルに視線を落としていて、俺が来たことに気づいてもいない。テーブルの上には花が置かれていた。花束やアレンジじゃなくて、一輪だけの白い花にセロファンを巻いてリボンを結んだものだ。

「……あの彼は、毎日ああやって花を買っていくんだ。金がないから一輪だけって言って。で、由布子さんにラッピングしてもらって、それをそのまま由布子さんにあげちゃうんだよ。プレゼントだって」

「……」

「ベタだよね。彼、本当に由布子さんのことが好きなんだなあ。こないだ割った鉢も、弁償《べんしょう》するって言ってお金を持ってきて、すごく謝ってた。由布子さんはこの頃《ごろ》よくああして彼にもらった花を見てぼんやりしているんだ。今日はずいぶん長く話していたみたいだけど」

しみじみした口調で話してから、三浦は俺を見上げて、「ごめん」と言った。しょげた顔をしてうつむく。

「なんか俺……告げ口してるみたいだ」

「いや」

「堂島、由布子さんとうまくいってるんだろう？」

顔を上げた三浦は、今度は笑っていた。三浦はよく笑う方だ。由布子みたいにいつも微笑《ほほえ》みを浮《う》かべているのとは違うけど、楽しそうな時は素直ににこにこするので、楽しい気分がこっちにも伝わってくる。

でも今は、無理に笑っているような、心もとない表情をしていた。笑っているけど、薄皮《うすかわ》一枚下に別の表情が隠れていそうな。

「…ああ」

だけど俺が頷くと、「そうか」と言って、三浦はもっと笑った。

そうしてまたしゃがみ込んで、せっせと店先の花を調《ととの》える。俺の目には充分綺麗《じゅうぶんきれい》に見えたけど、どこか気に入らないところがあるらしく、三浦は何度もディスプレイをやり直していた。

他の誰かじゃなくて、あの人じゃないと。

その背中を見て、思った。そんなラブソングみたいなことを、三浦も言うんだろうか。

3

「おい、大丈夫《だいじょうぶ》か」

「……吐きそう」

三浦は片手で口を押さえて、駅のベンチに落ちるように座り込んだ。顔色がかなり悪い。

三浦の誕生日だからと、由布子の家族が祝った帰りだった。ワインをけっこう飲んでいた三浦は、あまり酒に強くないのかふらふらしていて、電車に酔《よ》って手前の駅で降りてしまった。送ってきた俺は、ベンチの隣《となり》に腰《こし》を下ろした。

乗り降りする人がいなくなると、時間の遅《おそ》い私鉄のホームはひっそりと静まり返る。うなだれたままだった三浦が、地面に向かって小声で「ごめん」と呟《つぶや》いた。俺は聞こえないふりをした。三浦は謝ってばかりいる。そんなに謝らなくてもいいのに。

少し気分がよくなったから、と三浦は立ち上がった。顔色はまだ悪い。ひと駅ぶんを歩いて帰ると言うので、俺はその隣に並んだ。

「堂島、もういいよ。外の空気を吸ったらだいぶましになったから」

「家まで送るよ。俺も少し歩いて酔いを覚ましたいし」

「……悪いな。迷惑かけて」

誕生日だというのに、今日の三浦はなんだかひどく落ち込んでいるみたいだった。アルコールがよくない方向に作用している感じだ。気にしなくていいからという意味で笑ってみせたけど、三浦はちらりとも表情をゆるめなかった。

ゆっくりとした歩調で、二人で黙《だま》ってただ夜道を歩いた。まだ梅雨《つゆ》が明けていなくて、夜空は雲に覆《おお》われて星も見えない。時おり空気の中にかすかに甘ったるい香《かお》りが漂《ただよ》う。「甘い匂《にお》いがする」とひとりごとを言うと、三浦が「くちなしだよ」と俺を見ずに返した。

たいして言葉を交わさないまま、三浦のアパートに着いた。じゃあ、とドアの前で片手を上げると、俺に背を向けて鍵《かぎ》を開けていた三浦が振《ふ》り返った。

「……」

奇妙《きみよう》に濃密《のうみつ》な間があいた。三浦はとろりと酔った目で、上目遣《うわめづか》いに俺を見つめてくる。目の縁《ふち》が赤くなっていた。唇が何かを言いたそうにかすかに動く。俺は引き込まれるように三浦の目を見つめた。

「三浦?」

目を逸《そ》らせなくなった。見えないもので縛《しば》られたみたいに。

三浦はべつに綺麗《きれい》とかかわいいとか、そういうタイプじゃない。嫌味《いやみ》のない、人に好かれやすい容姿だと思うけど、今までそういう意味で彼に惹《ひ》かれたことはなかった。

なのに、見上げてくるその目から、どうしてだか俺は視線を外せなかった。いつもはもっと明るい表情を浮かべている、どちらかというと大きな目。今は涙《なみだ》が滲《にじ》み、薄《うす》い膜《まく》を作っている。

三浦は酔っているんだ。この視線に意味なんかない。そう思うのに、まるで彼の中にぎりぎりまで満ちている言葉にできないものが瞳《ひとみ》からあふれてくるみたいで、俺は我を忘れて目の中を覗《のぞ》き込んでいた。

涙の膜が、ゆらりと揺《ゆ》れる。見る間にふくらんで、下瞼《したまぶた》の際にたまった。

ぐらりと心が傾《かし》いだ。

「どうしたんだ？」

「……え？」

三浦は瞬きした。たまった涙がすうっと落ちる。

「……ごめ」

止まらなくなったらしく、涙は次から次へとこぼれてその頬《ほお》をつたった。うつむいて、三浦は手で顔を覆った。

――三浦は俺のことが好きなんだ。

この時、わかった。足を踏み外して全身ががくりと落ちるみたいに、確信した。腑《ふ》に落ちるっていうけど、本当にそんなふうに、体の真ん中に重く落ちてきた。

三浦は今でも俺のことが好きなんだ。こんなに強く、痛いくらいに。

（……どうしよう）

今まで生きてきた中で一番、途方《とほう》に暮れて、自分がどうすればいいのかわからなかった。

三浦は声を殺して泣いている。肩《かた》を小さく縮めて。どうしたらいいのかわからない。だけど彼をこのまま、誰《だれ》もいない場所で一人で泣いているみたいには泣かせたくない――

俺はそっと、自分より低い位置にあるキャラメル色の頭に触《ふ》れた。俺の髪《かみ》よりずっとやわらかい感触《かんしょく》。ひくりと肩が跳《は》ねる。泣かないでくれと言ったら、三浦はよけいに声を上げて泣いた。体の内側から突《つ》き動かされるように、俺は片手で三浦の肩を抱《だ》き寄せた。だけど両腕《りょううで》で抱いちゃいけない。踏みとどまるように、そう思った。せめて片手でしか。それくらいしか、してやれない。

「どうしておまえはそんなに——…」

声が喉《のど》に詰《つ》まった。

こんな想《おも》いがあるんだ、と思った。三浦の中には何かとても熱い、切実なものがある。それはどんなに抑《おさ》え込んでも皮膚《ひふ》を通して俺の中に沁《し》み透り、俺の心をひどく揺らした。誰かにこんなふうに、足元が危《あや》うくなるほど揺らされることがあるなんて。

抱き寄せたもののどうしたらいいのかわからなくて、俺は三浦の肩を抱いたまま黙っていた。腕《うで》の中の体も動かない。声が嗚咽《おえつ》に変わって、少しずつ治まっていった。

高校の頃《ころ》、好きだと言ってくれた三浦に対して、俺はひどく冷たい対応をした。ドアを閉めて、ぴしゃりと閉め出すみたいに。三浦はあの時、どんな気持ちになっただろう。その後の五年間、どんなふうにあのことを思い出しただろう。

三浦のことが嫌《きら》いだったわけじゃない。むしろ、好きだった。告白されて嫌《いや》な気持ちになったわけじゃない。

せめてそれだけでも伝えたくて、言葉を探して、迷いながら俺は話した。高校の頃、三浦をどんなふうに思っていたか。三浦と一緒《いっしょ》にいるのは楽しかった。好きでいてくれるのは嬉《うれ》しかった。——こんなこと、普通《ふつう》は口に出して言うことじゃない。

だけど、三浦からはなんの反応もなかった。どう言ったら伝わるんだろう。傷つけずにすむだろう。心の中にいる他《ほか》の誰とも違《ちが》う場所で、三浦を今、大切に思うのに。

「だから俺は……俺はおまえのことを……」

だけどどんなに大切に思っても、俺は三浦に何もしてやれない。

出し抜《ぬ》けに、そう思った。俺には資格がない。

「……おまえを、大切な友達だと思っていたよ」

腕の中で、小さく三浦が震《ふる》えた。

いきなり、三浦は俺を両腕で強く押し返した。うつむいて、俺の顔を見ないまま。俺の手はからっぽになって宙に浮いた。

「送ってくれて、ありがとな」

三浦は顔を上げた。

俺は胸を衝《つ》かれた。

三浦は笑っている。笑って、ありがとうと言っている。なのにその両目からは、三浦の意思とはまったく関係のないものみたいにまだ、涙が流れていた。

人はこんなふうに泣くんだと思ったら、わずかに鳥肌《とりはだ》が立った。五年前の冬と同じに。

「三浦」

「じゃあな。おやすみ」

部屋のドアを開けて、三浦は中に体をすべり込ませた。

「……おやすみ」

ドアが閉まる。すぐに鍵のかかる音がした。

俺は閉じられたドアの前で立ち尽《つ》くした。今度は俺の方が閉め出されていた。自分がひどい間違《まちが》いを犯《おか》したような気がしたけれど、何が間違いで、どうすればいいのかわからなかった。


「三浦がやめた？」

それから数日後だった。会社帰りにフローリスト・ジュンに行くと、三浦はすでに店をやめた後だった。俺は由布子からそれを告げられた。

「理由は話してくれなかったの。うちが嫌になったわけじゃないって言っていたけど……。慎ちゃん、何か聞いてない？」

俺は黙って首を振った。

俺のせいだ、と思った。自意識過剰《じいしきかじょう》で思い上がっている。でも、そうだろうと思った。

その日の夜、由布子の家を出た俺は、そのまま三浦のアパートに向かった。朝からずっと雨が降り続いている、陰鬱な一日だった。

何度チャイムを鳴らしても、なんの反応もない。でも、部屋の中にいる気がした。俺はしつこくチャイムを鳴らし続けた。自分が何をどうしたいのか、なんのためにこんなことをしているのかも曖昧《あいまい》なままに。

何度目かに、ようやく中で物音がした。

「……はい」

嗄《か》れた声だった。俺だとわかると三浦は驚《おどろ》いたけど、ドアは開けてくれなかった。話がしたいと言っても、ドア越《ご》しにしか返事が返ってこない。話すことなんかない、と。

「悪いけど……帰ってくれないか」

「三浦……」

閉《と》ざされたドア。閉じこもった気持ち。三浦は今、どんな顔をしているんだろう。

「開けてくれるまで、ここで待つから」

どうして自分がこんなに必死になっているのか、わからなかった。こんなことをしてなんになるだろう。三浦はもう俺の顔も見たくないのかもしれないのに。

なのに立ち去ることができなくて、俺はその場に立ち続けた。部屋の中はなんの物音もしない。雨は強くなったり弱くなったりしながら降り続いて、時おり強い風に飛ばされてきた雨粒《あまつぶ》が顔や体にばらばらと当たった。

長い時間が過ぎたあと、ドアノブがそっと回った。様子を窺《うかが》うみたいに。

俺は開いたドアをすかさずつかんだ。三浦が驚いて閉めようとするのを、ぐっと阻《はば》んだ。

「三浦、話がしたいんだ。このままじゃだめな気がするから」

三浦はひるんだように少し体を引いた。

「何が……」

「少しだけでいいから」

言い争う気力もないのか、少しの逡巡《しゅんじゅん》のあと、三浦はしぶしぶ俺を部屋に入れた。

狭《せま》い部屋だった。小さいキッチンを抜けるとすぐにベッドの置いてある部屋になる。寝《ね》ていたのかいつもそうなのか、ベッドは少し乱れていた。俺が中に入ると、三浦は黙《だま》ってベッドの上の壁際《かべぎわ》に座った。俺もカーペットの上に腰《こし》を下ろす。

「……店、やめたんだな」

理由を訊《き》くと、長い沈黙《ちんもく》のあと、堂島には関係ないから、とそっけない声が返ってきた。

関係ない。そうなのかもしれない。でもやっぱり——関係ないなんて、思えない。

「なあ。俺はもしかしてすごく自意識過剰なのかもしれないけど……」

これを言ってもいいんだろうか。もしかして俺は間違っているかもしれない。

だけど、もしも本当にそうなら。

「三浦は……まだ、俺のことが——好きなのか……？」

膝《ひざ》を抱《かか》えて顔を伏《ふ》せた三浦の肩が、わずかに震えた、ような気がした。

返事はない。三浦はまるで小さくなりたいと願うように、じっと体を縮こまらせている。俺は立ち上がってベッドの上に乗り、その前に膝をついた。少しためらってから、髪に触れる。

「…らないでくれ…っ」

搾《しぼ》り出すような声に、びくっと手を引いた。腕の中から、押し殺された嗚咽が聞こえてきた。泣いている。泣かせているのは、間違いなく俺だ。俺の中のいったい何が、三浦を弱くするんだろう。こんなふうに泣くなんて、普段《ふだん》の三浦からは想像もできないのに。

「……ごめん……」

しばらくしてから、腕の中から顔を上げずに三浦は呟《つぶや》いた。

「ごめんって、何が？」

「……好きで……」

「謝ることじゃないだろう」

好きでごめんなんて、馬鹿《ばか》げている。

だけど俺には、どうして三浦がそんなに俺を好きなのかわからなかった。特別なことなんて何もなかった。優《やさ》しくしたことすら、ないような気がする。そう言うと、三浦はすぐに返した。

「でも好きだ」

「――」

三浦の言葉はいつもストレートに、よそ見のできない真っ直《す》ぐさで俺に刺《さ》さる。痛かった。

三浦の熱さは、いつも痛い。

「俺……由布子さんにひどいことを言った」

「そう」

由布子からは何も聞いていない。彼女は突然《とつぜん》店をやめた三浦のことを、とても心配していた。

きっと、苦しい心が言わせた、心にもないことなんだろう。

「ごめん」

「大丈夫《だいじょうぶ》だよ」

三浦は顔を上げた。

涙《なみだ》でぐしゃぐしゃに濡《ぬ》れた頬《ほお》。手を伸《の》ばして、拭《ぬぐ》ってやりたくなる。

「俺、どんどん嫌《いや》な人間になるんだ。堂島が人のものなのが苦しいんだ。ただ好きでいるだけで満足できたらいいのに、もっと近くに行きたいとか、笑い顔を見たいとか、さ——さわりたいとか」

「……」

「そんなこと考えられてるの、嫌だろう？　気持ち悪いよな。ごめん」

笑い顔とかこの体とか。

そんなもので、三浦をしあわせにできるんだろうか。俺の持っている何で、三浦は泣いたり笑ったりするんだろう。

「俺だって、こんなつらいのもう嫌だ。でもだめなんだ。好きなんだ。好きなんだ。……き」

閉じた目から、涙がひとすじ流れ落ちた。

「消えてなくなりたい……——」

「三浦」

触《ふ》れたい、と切実に思った。心が高いところから一気に転がり落ちた。

十四の時、年上の人の泣きながら笑った顔を見た時と似たような衝動《しょうどう》。だけど違《ちが》う。似ているけど、まるで違う。守って泣かせないようにしたいと思うのは同じなのに、それとまったく変わらない比重で、たとえば泣いて俺にすがるところが見たい、なんて——

（俺はどうかしている）

頰に流れた涙を指で拭って、俺は三浦をそのまま両腕《りょううで》で抱《だ》きしめた。三浦の体は、震《ふる》える熱のかたまりみたいだった。

この身体《からだ》の奥には何があるんだろう。

人あたりがよくて、明るい同級生。そのあたりさわりのない殻《から》の下に、火傷《やけど》しそうに熱いものが詰《つ》まっている。中身に触れてみたい。乱暴なくらいに、こじ開けて見てみたい。隠《かく》しているものを全部見たいなんて、なんて傲慢《ごうまん》でいやらしくて支配的な欲望《よくぼう》だろう。

自分がこんなに勝手な男だったなんて、信じられない。由布子相手にはこんなことは思わないのに。

だけど止まらなかった。三浦を——この手に直接感じてみたいと思った。今。今すぐ。

腕《うで》の中の三浦は、体を押し返して俺から離《はな》れようとする。由布子のところへ帰れと言う。そんなことはできない。今はしたくない。せめて今だけでも。

「三浦。俺はおまえを……どうしてだか放っておけないんだ。おまえをどうにかしたいって思うんだ」

背中に回した腕に、力を込めた。

「だから、もしもおまえがそうしたいんなら……それで区切りがつくんなら」

そんな優しそうな言い訳と一緒《いっしょ》に、俺は三浦に囁《ささや》いた。

「一度だけ――してみようか」

取り返しのつかない裏切りだって思うのに。


素肌《すはだ》に触れると、三浦の身体はやっぱり熱かった。向かい合って座って、ゆるく抱きしめる。どこもかしこも女の子とは違う、ぎこちなくて、薄《うす》い体。

「俺、やり方がよくわからないんだ。その……男、同士の」

少し指先で触れるだけで、三浦は小さく息を呑《の》む。どうしたらいいのかわからなくてそう言うと、三浦からも困惑《こんわく》した答えが返ってきた。

「お…俺も、そんなのわかんないよ……。女の子としかしたことないし」

「そうなのか？」

三浦が好きになった男は、俺だけなのかもしれない。

それは腹の底がぞくぞくするような想像だった。自分ならきっと、三浦を喜ばせることができる。同時に、たぶん自分が三浦を一番深く傷つけられる。贅沢《ぜいたく》で不遜《ふそん》な感情。そういう相手がこの世にいるという確信は、俺自身をも作り変える気がした。

まるで世界が色を変えるみたいに。

由布子の代わりでいいから、と三浦は言う。そんなことはしない。そんな気持ちは、自分でも驚《おどろ》くくらいにかけらもない。

(一度だけ。一度だけだ)

それが言い訳になるはずもないのに、俺は心の中で繰《く》り返した。一度だけなら。一度だけだから――

「……っ」

身体のあちこちを探《さぐ》っていくと、三浦の息がだんだん速く熱くなった。少し前まで雨に濡れて冷えていた俺の身体も、伝染《でんせん》して温度が上がる。乾《かわ》いて熱い身体と抱き合うのは、とても気持ちがよかった。

もっと、三浦のことが知りたい。この身体がどんな反応を返すのかを見てみたい。

「して欲しいことがあったら言って」

三浦は真っ赤になって首を振《ふ》った。かわりに、身体にさわってもいいかとおずおずと訊いてくる。俺は頷《うなず》いた。

(……かわいい)

こんな感情はおかしいかな。俺は変になってるんだろうか。

俺は三浦をかわいいと思った。かわいい――愛《いと》おしい。

女の子や子供みたいな守るべき対象に持つ感情とは違う、熱い針を内側に含《ふく》んだような愛しさ。それは俺を身の内から刺して、突《つ》き通す。こんなに近くにいて抱き合っていたら、きっと三浦にも刺さるだろう。

衝動のままに三浦を押し倒《たお》して、指や舌で、その薄い、骨の感触《かんしょく》が硬《かた》い体を愛撫《あいぶ》した。喘《あえ》ぐ声。指先ひとつで敏感《びんかん》に震える身体。俺が三浦を気持ちよくさせている。その実感はやっぱり、身体を底からぞくぞくと煽《あお》る快感だった。

キスをしてみたい、と思う。三浦とキスをするのはどんな感じだろう。どんな顔をして、どんなふうに反応するんだろう。

だけどそれじゃ恋人《こいびと》みたいだ。自分でもよくわからない理由でブレーキがかかって、どうしてもできなかった。かわりに指を進めて、三浦の性器に触れる。同性のものに触れる抵抗《ていこう》はほとんどなかった。そんな自分に驚く余裕《よゆう》ももうない。それは俺の手の中でびくりと震えて、指の動きに率直《そっちょく》に応《こた》えて形を変える。三浦の熱と硬さ。そのすべてを、俺は愛おしいと思った。

「あ、あっ、…待っ、……堂島っ」

指が俺にすがって、目尻《めじり》に涙が滲《にじ》む。もっと。もっと乱れてぐちゃぐちゃになればいいのに。

「……う、ああ」

高まる喘ぎに混ぜるようにして、三浦は腕で顔を隠して泣き出した。

「どうした。なんで泣くんだ?……嫌か?」

顔を見たくて、腕を外した。髪《かみ》をそっと撫《な》でる。

「ごめん。俺、か、感じちゃって……気持ち悪いよな。ほんとはこんなことしたくないよな。ごめん」

「そんなことないから。大丈夫だから」

「ごめ…」

「謝るなって言っただろ！」

思わず大きな声が出た。三浦はびくりと体を縮めて、嗚咽《おえつ》をこらえる。すぐに後悔《こうかい》して、髪を梳《す》いたり抱きしめたりして、懸命《けんめい》になだめた。

三浦は俺が同情でこうしていると思っている。だから泣くんだろう。それがひどくもどかしかった。同情だけでこんなことができるはずがない。こんなに身体が熱くなるわけもないのに。だけど三浦がそう思うのはあたりまえだ。俺には本当は、こんなことをしていい理由がない――

(じゃあどんな理由で)

奥歯を噛《か》みしめて、軽く頭を振った。今は考えない。

髪を撫でながら、首筋や平らな胸にキスをする。せめて優《やさ》しくすることだけ考えよう。それしかできないなら。

三浦が俺の腕をつかむ。涙目で、俺もしたい、と訴《うった》えた。

「うん」

覆《おお》い被《かぶ》さっている身体に、三浦がおそるおそる手を伸ばしてくる。怖《こわ》がっているような愛撫。

俺がきつく握《にぎ》ると、三浦の指が反応してひくつく。喘いでいる顔を見ながらその指でさわられるのは、眩暈《めまい》がするような悦楽《えつらく》だった。自分がいつもより興奮しているのがわかる。鼓動《こどう》と息が次第《しだい》に重なっていった。

「…っ」

達したのは、三浦が先だった。俺の手の中で彼が弾《はじ》けた瞬間《しゅんかん》、ひきずられそうに腰《こし》から背中にかけて衝動が駆《か》け上がった。

「ごめ…、俺だけ…」

三浦は息を弾《はず》ませて恥《は》ずかしそうに真っ赤になっている。かわいいな、とまた思った。かわいい——愛しい——欲しい。

もう一度俺のものに指をからめ始めた三浦を見下ろして、俺は乾いた唇《くちびる》をそっと舐《な》めた。

「……なあ。どうする？」

「え？」

三浦は顔を上げて、俺を見た。

「入れるか…？」

目を見開く。少しの間があってから、三浦はじわじわとうつむいた。恥ずかしがっているというよりも、せつないような、苦しそうな顔だった。

「いい。俺……もう充分《じゅうぶん》だから」

呟《つぶや》いた声を、まるで俺を拒絶《きょぜつ》しているみたいだと思った。

「……そうか」

三浦はうつむいたまま、指の動きを再開した。かたくなで一途《いちず》な熱心さで。俺は両腕《りょううで》を回してその身体《からだ》を抱き寄せた。

誰《だれ》かとこんなふうにすることは、きっともうない。

今俺が感じている、この心が沈《しず》んでいくようなせつなさが、正しいのかどうかよくわからなかった。これは本当はしてはいけないことだ。三浦をかわいいと思う俺のこの気持ちも、あっちゃいけないものだ。だから明日になったら、全部なかったことにしないといけない。たぶんもう、三浦とは会えない――

会えない。

(よかったのか？　本当にこれで)

身体は快感が高まっていくのに、どこか一部が耐《た》えがたいほど冷えていく気がした。

あまり我慢《がまん》はせずに、三浦を抱きしめて俺は達した。後始末をしている間に、三浦は黙《だま》って服を直した。部屋の中にそっけなくて気詰《きづ》まりな沈黙《ちんもく》が満ちる。さっきまでの熱さがもう嘘《うそ》みたいだった。

「……来てくれて、ありがとう。ごめん……悪いけど、帰ってくれるか？」

背中を向けて、三浦はそう言った。

それで、終わりだった。俺はろくな言葉もかけられずに部屋を出て、ドアを閉めた。

路上から暗いままの窓を見上げる。いつまで待っても明かりがつかない。泣いているんじゃないかと思ったら、俺は長い間そこから離れられなかった。

4

俺は何をやっているんだろう。

「慎ちゃん、この頃《ごろ》様子が変だね」

由布子は俺を見上げて、首を傾《かし》げた。俺はまともに彼女の目を見られなかった。

「なんかぼんやりして考え込んでばっかり。……三浦くんが相談もなしにうちの店をやめたの、そんなにショックだった？」

「え」

由布子の口から三浦の名前が出ると、心臓がぎくりと強張《こわば》った。俺は彼女を裏切っている。

「だってその頃《ころ》からよ。様子が変なの。仲よかったみたいだものね。三浦くんが心配なら、様子を見にいってみたら？　うちのお父さんが紹介《しょうかい》した花屋さんで働いてるよ」

「……」

「お店の場所、教えてあげるね」

由布子はショルダーバッグから手帳を取り出した。

二人で映画を観た後に入ったレストランだった。休日の、ごくありきたりなデート。彼女と休みが重なるのは週に一日だけだから、貴重な時間のはずだった。

「はい」

渡《わた》された住所と電話番号が書かれたメモを、俺はしばらくじっと眺《なが》めた。

受け取ってもしかたがない。会いにいけるわけもない。会いにいく理由がない。

それでも俺はその小さな紙片《しへん》を、きちんと畳《たた》んでスーツのポケットにしまい込んだ。

(俺は何をやっているんだ。何をやっているんだ)

「……あのね。相談があるの」

「え？」

声のトーンが真剣《しんけん》なそれに変わった。俺は夢から醒《さ》めたように、由布子の顔を見返した。

そういえば、今日は会った時からずっと何か言いたそうにしていた気がする。俺がうわの空だから言い出せなかったんだろう。

「なに？」

「えーとね、三浦くんがやめて、お店、やっぱり人手不足なのよね。もう二週間たつけど、なかなか次の人も見つからないし」

「ああ」

「それで……」

由布子は言いにくそうに視線を横に流した。

「アキが、うちでアルバイトしたいって言ってるの」

「――」

思ってもみなかった内容だった。アキのことなんて、俺の頭からはすっぽり抜《ぬ》け落ちていた。

「お父さんは最初渋《しぶ》ってたのよね。私がアキに泣かされてたの知ってるから。でも、アキが真《ま》面目《じめ》に働きますって土下座して……花のことはわからないけど、配達や力仕事は手伝えるからって。もともとアキのお父さんとうちのお父さんは昔からの友達で、アキのお父さんからも頼《たの》まれてるの。それでお父さんは、考えてもいいかなって言ってる」

「……」

「アキ、今、劇団も真面目にやってるし、舞台《ぶたい》ってお金がかかるみたい。だからバイト増やしたいって言ってるの。いろいろ真面目にがんばりたいって」

そこで由布子は、俺の顔に視線を戻《もど》した。

「でも慎ちゃんが気にするなら、他《ほか》の人を探そうってお父さんに言うわ。アキはフルタイムじゃ働けないし」

「俺は……」

俺は、どうなんだろう。彼女が昔の男と一緒《いっしょ》に働くのを止める権利があるのか？

アキのことなんてすっかり忘れていたくせに。

（あんなことをしたくせに）

「……俺に口を出す権利はないよ。由布子の家の店のことなんだし。店の人たちが決めればいいんじゃないかな」

「……そう」

努めて穏《おだ》やかに返すと、由布子はひっそりとうつむいた。

（……だめだ）

俺は本当に何をやっているんだろう。彼女を守ると決めたのに。

伏《ふ》せられた長い睫毛《まつげ》を見ていると、以前に林さんが言っていた「ひとりよがり」という言葉を嫌《いや》でも思い出す。俺は彼女を愛している。愛していると思っている。愛することと、傷つけないように大事に守ることと、何が違《ちが》うんだろう？

「……なあ、由布子は」

彼女は顔を上げた。

「俺がもし……」

「なあに」

「――もしも俺が結婚《けっこん》してくれって言ったら、OKしてくれるか？」

「どうしたの、いきなり」

由布子は目を丸くした。

「だから、もしもだよ。俺は安定した仕事についてるし、自分で言うのもなんだけど、それほど甲斐性《かいしょう》のない男じゃないと思う。由布子をきっとしあわせにできる――」

アキよりも、とは言わなかった。

目を瞠《みは》っていた由布子は、うつむいて考え込む顔になった。食事の締《し》めくくりに運ばれてきたコーヒーの表面に視線を落とす。それから顔を上げて、言った。

「慎ちゃん、前に亡《な》くなったお父さんの話してくれたわよね。お母さんを頼む、って手を握《にぎ》られたって」

「…うん?」

どうして話がそこへ行くのかわからなくて、俺は首を傾げた。

「でもお母さんは再婚《さいこん》されたのよね。それで今は、慎ちゃんとは別々に暮らしてる」

「そうだけど……」

「私ね、それを聞いた時、慎ちゃんは寂《さび》しいんだなあって思った。ごめんね。怒《おこ》らないでね。お母さんを取られたみたいな気がしたんだろうなって」

「……」

「当然だよね。ずっとお母さんと二人きりだったんだもの。でも義理のお父さんへの嫉妬《しっと》とか、そういうんじゃなくて、自分がまるで用なしになったみたいで、それが寂しいんじゃないかなって思ったの」

由布子の声は音楽で言えばアルトで、チェロの響《ひび》きみたいにやわらかい。だけどその言葉は、飲み込みにくい固いものみたいに俺の中にひっかかった。

「誰かに必要とされてないと怖《こわ》いんだよね。そうじゃないと自分の価値がないって思ってるの。……わかるんだ。だって私もそういうタイプの人間だから。だから、慎ちゃんに会った時、この人と私は似てるなって思ったの」

「……俺は」

口をひらく。でも反論が見つからない。

「私もね、アキとつきあってる時、ずっとそう思ってた。この人には私が必要だ、私ならこの人を変えられるかもしれない、って。そう自分に言い聞かせて、いろんなこと我慢《がまん》して、耐《た》えてた。つらかった。だから、壊《こわ》れちゃったんだと思う」

「……由布子が何を言いたいのか、わからないな」

カップを持ち上げて、コーヒーをひと口飲んだ。少し冷めたブラックコーヒーが苦く喉《のど》を流れ落ちる。由布子はじっと俺を見つめていた。

「慎ちゃん、私ね、しあわせって二人一緒じゃないとだめなんだって今は思う。その人といて、自分もしあわせになれるんじゃなくちゃ。誰《だれ》かをしあわせにしてあげなくちゃいけないって、そんな義務みたいじゃつらくなるよ。私もずっとつらかった。だってアキといて、私ちっともしあわせじゃなかったもの」

わずかに眉《まゆ》をひそめて、真摯《しんし》な目をして、俺を叱《しか》るような、同情しているような顔で由布子は言った。

「二人いっぺんにしあわせになれるんじゃないと、だめなんだよ」

質問の答えは、と訊《き》くと、「慎ちゃんが本気で私と結婚したいって思ったら、その時に本気でプロポーズして。そしたら本気で考える」と由布子は言った。

みんな同じことを言う。言葉は違うけれど、言っていることは同じだ。林さんも由布子もアキも、みんな。

堅《かた》く平らで揺《ゆ》らぐことのないと思っていた地面が、実はすかすかで頼《たよ》りないスポンジだったような気がした。俺は自分が何をすればいいのか、何をしたいのかまるでわからなくなっていた。

一度頭を空にしようと、思い立って俺は高校の頃《ころ》によく通っていた弓道場《きゅうどうじょう》に足を運んだ。電車で一時間ほどの距離《きょり》で、三浦の実家の近くにある弓道場だ。行く前に、置いたままの弓道具を取りに実家に寄った。

休日の夕方で、家では母と義父が犬を飼う相談をしていた。今度動物管理センターに見にいく予定だという。一緒に行こう、今日は泊《と》まっていきなさいという誘《さそ》いを丁寧《ていねい》に断って、俺は弓具を持って道場に向かった。

母と義父はあいかわらず仲良くやっているようだった。それを見て、俺はとても安心する。義父が母をしあわせにしてくれればいいと思う。

『二人いっぺんにしあわせになれるんじゃないと――』

由布子の言葉が頭にちらついた。母と義父と、俺と由布子と、どこが違うだろう？

仕事が忙《いそが》しくてしばらく離《はな》れていたけれど、弓道は唯一《ゆいいつ》の趣味《しゅみ》らしい趣味だった。母親が再婚して暇《ひま》になった頃に、中学の担任教師に誘われて始めた。最初は単なる暇つぶしのつもりだった。だけど、弓を構えてから矢を射るまでの濃密《のうみつ》な張り詰《つ》めた時間、頭の中が真空になるような感覚、そして吸い込まれるように矢が的の中心を射た時の爽快感《そうかいかん》は、他のどんな遊びよりも魅力的《みりょく》だった。

でも、いつもなら弓を持てば自然に背筋が伸《の》びて心が静まるのに、この日はだめだった。自分と的が一直線に結ばれる感覚、それがない。指を離す瞬間《しゅんかん》に矢筋が目に見えるようじゃないと、矢は思ったところには飛ばない。射れば射るほど自分と的がずれていくようで、指導してくれる上級者にも、雑念が多いねえとため息をつかれた。

結局、まったく精神統一ができず疲《つか》れるばかりで、俺は夜遅《おそ》く自分の一人暮らしの部屋に帰った。

(……三浦)

ベッドに横になる。目を閉じると思い出すのは、つらそうな顔ばかりだ。

三浦は今、どうしているだろう。あんなに泣いて、傷ついていた。

(傷つけたのは俺だ)

あんなのまぎれもないセックスだ。好きな相手とすることだ。気持ちが通い合ってないとむなしいだけだって、本当は最初からわかっていたのに。

ベッドの上で裸《はだか》に近い格好で、互《たが》いの性器に指をからませた。あんな行為《こうい》に、本当は言い訳なんかできない。俺はそれを知っていた。知っていて、優《やさ》しいふりをして、同情だと三浦に思わせた。一度だけだから、誰にも言わないから、と。

……それでもいいって、三浦は思ったんだろうか。

(――俺は最低だ)

三浦は今、何をしているだろう。もう遅い時間だ。眠《ねむ》っているに決まっている。でも、もしかしたら俺のことを思い出しているかもしれない。俺が今そうしているみたいに、あの時の表情や声を思い出して、眠れなくなっているかもしれない。

時計の針は刻々と進んでいく。明日も仕事だ。早く眠らないといけない。なのに俺はこんな時間まで、考えても答えの出ないことばかり考えている。

みんなこんなふうに悩《なや》んでいるんだろうか、とふと思った。自分の心や相手の心がわからなくて、立ちすくんだりするんだろうか。

言葉や視線を読み解こうとしたり、自分の心なのにまるでコントロールできなかったり。

(……泣き顔が忘れられなかったり)

『でも好きだ』

震《ふる》えながら、だけど言い切った声を思い出す。三浦はこんなふうに、四六時中俺を想《おも》っただろうか。

寝返《ねがえ》りを打って、大きく息を吐《は》いた。

三浦の気持ちが、少しだけわかった気がした。それから、どうして街中にこんなに恋《こい》の歌ばかりあふれるのかも。

俺が三浦の新しい職場を訪ねていったのは、それからさらに二週間以上が過ぎた、夏も終わりかけの頃だった。

様子を見るだけだ。さんざん迷ったあげく、俺は自分にそう言い訳をした。自分が傷つけた相手なんだから、気になるのは当然だ。遠くからどんな様子かだけ確かめて、会わずに帰ってこよう。

そして三浦の様子を確かめたら、もう考えるのはやめよう。考えてもしかたのないことばかり考えたがるこの頭を、早くどうにかしないといけない。

私鉄が二本通った、そこそこ賑《にぎ》やかな街だった。ちょうど帰宅の途《と》につく人たちが駅からばらけていく時間帯で、周りには似たようなスーツ姿のサラリーマンがたくさんいた。

由布子のくれたメモを見ながら、人ごみにまぎれて知らない街を歩く。道の両側にたくさん店の並んだ商店街をしばらく行くと、前方に遠くからでも花屋とわかるカラフルな色彩《しきさい》が見えてきた。かなり手前で、俺は足を止めた。

ガラス張りの広くて開放的な店だった。店先に花があふれている。三浦はきっと俺の顔を見たくないだろうと思い、店の中からは見えにくい方向から、慎重《しんちょう》にその店に近づいた。

(いた)

店内にキャラメル色の頭が見えた。ちょうど客の応対をしているところだ。三浦は客の指差す花をフラワーキーパーから取り出して、花束を作っている。

俺はとっさに顔を背《そむ》けて、そこにあった本屋の店先の雑誌スタンドの前に立った。適当に雑誌を手に取る。開きながら横目で見ると、三浦はまるでこちらには気づいていない様子だった。

声は聞こえない。でも、姿はガラス越《ご》しによく見えた。エプロンをつけた三浦は店内をくるくると動き回っている。慣れた様子で花を束ねて調《ととの》えて、少し腕《うで》を伸ばして客に見せた。たぶん「こんな感じでどうですか」と言っているんだろう。

こちらに横顔を見せた女性客が大きく頷《うなず》きながら、何かを言う。すると三浦の顔に、光が差すようにぱっと笑顔《えがお》が広がった。

(笑った)

笑っている。三浦は、とても楽しそうに仕事をしている。少なくとも俺にはそう見えた。

ショックを受ける理由なんかなかった。元気にしているなら、それが一番いいに決まっている。

なのに、言いようのないとまどいを感じた。俺は漠然《ばくぜん》と、三浦は落ち込んでいるだろうと考えていた。きっと仕事も手につかない状態に違《ちが》いない、と。

だって俺がそうなんだから。

……俺はなんて思い上がっているんだろう。自惚《うぬぼ》れるにもほどがある。

(だけど三浦だって、立ち直りが早すぎやしないか?)

自動ドアから、花束を抱《だ》いた客の女性が出てきた。女性をやりすごしてしばらくたってから店内を見ると、三浦は作業台の上をせっせと片付けていた。

そこに、店の奥から人が一人近づいてきた。三浦とお揃いのグリーンのエプロンをした、三十半ばくらいの男だ。にこやかに三浦に話しかけている。大柄《おおがら》で朴訥《ぼくとつ》そうな顔をした、いかにも人のよさそうな男だった。店長だろうか。三浦は頷きながら話を聞いている。時々笑みを見せた。とても親密そうな、なごやかな雰囲気《ふんいき》だった。

誰《だれ》とでもうまくやっていける、人あたりのいい三浦。きっと俺がいなくても、彼の生活はスムーズに滞《とどこお》りなく回っていくんだろう。

（……なんだ）

気抜《きぬ》けして、次に突《つ》き放されたみたいに思って、それから――苛立《いらだ》ちを感じた。

（俺にあんな顔をしてみせたくせに）

腕の中で涙《なみだ》を滲《にじ》ませて喘《あえ》いで、すがって、俺の手の中で達《い》ったくせに――

理不尽《りふじん》な苛立ちだって、頭の片隅《かたすみ》ではわかっていた。でも止まらない。

話が終わったらしい。三浦はエプロンをしたまま、手に財布《さいふ》を持って出てきた。こちらに向かってくる。

会わないつもりだった。でも俺は衝動《しょうどう》的に、手にしていた雑誌を置いて振《ふ》り返った。

軽い足取りで歩いてきた三浦は、ふと顔を上げて俺を見て、全身を強張《こわば》らせて立ちすくんだ。

「……堂島」

喘ぐように俺の名前を呼ぶ。見開いた目。少なくとも、三浦は俺に会って動揺《どうよう》している。俺はそのことに、かすかに、でもたしかに不遜《ふそん》な喜びを感じた。

「ど…どうしたんだ。こんなところで」

三浦は一回ぱちりと大きく瞬《まばた》きをした。

それから、笑顔を作った。さっきの客に見せたのと同じ、愛想《あいそ》のいい笑い顔。

「あ、もしかして仕事とか？　偶然《ぐうぜん》だな。俺、今そこの店で働いてて……」

俺が自分に会いに来たなんて思いもしないらしい。黙《だま》っていると適当に解釈《かいしゃく》して、三浦はにこにこと笑い続けた。

「……元気そうだな」

「ええと、うん、まあ」

髪《かみ》に手をやり、乱れてもいないのに直す仕草をする。笑い顔が、少し下を向いた。

「あ、そうだ。フローリスト・ジュンの人たち、元気かな。俺、急に辞《や》めちゃって迷惑《めいわく》かけたから……」

「三浦の代わりに、アキが働き始めたよ」

「えっ、でもアキは由布子さんの……」

そこまで言って、三浦ははっとしたように口を閉じた。曖昧《あいまい》な表情で語尾《ごび》をごまかす。

アキと由布子のことを三浦に気遣《きづか》われるのが、なんだかひどく不快だった。まるで、自分はもう関係ないって思っているみたいだ。

苛立ちがどんどん強くなる。ざらざらした苦いものが広がって、胸の中が気持ち悪い。

「――べつにアキがどうしようが、俺と由布子はうまくいってるから」

自分の声はいやに平坦《へいたん》に、冷たく響《ひび》いた。

三浦を傷つけたい。その唐突《とうとつ》な欲求《よっきゅう》は、黒雲のように急速に広がって他《ほか》の様々な感情を覆《おお》った。動揺させて、心を揺《ゆ》らして、俺の言葉で俺のために傷つけたい。

三浦はちょっとびっくりした顔で、放心したように俺を見ていた。

「もうすぐ結婚《けっこん》するんだ」

ふいに口からこぼれ出たのは、考えてもいない言葉だった。

喉《のど》の奥で小さく、三浦が息を吸った。

ゆらっとどこへ向けるともなく視線が揺れる。片手がふらりと上がって、エプロンの胸のあたりを握《にぎ》りしめた。忙《いそが》しく何度か瞬きをする。

それから三浦は、くるりとお面を引っくり返したように、笑顔を作った。

「そうか。おめでとう」

「――」

「あ、俺……買い物に行かないと。店長に頼《たの》まれたんだ。急ぎだから……ごめん、じゃあ、これで」

うつむき気味に、三浦は俺の横をすり抜《ぬ》けようとした。俺はとっさにその肘《ひじ》をつかんだ。

三浦はつかまれた腕を不思議そうに見下ろす。そのうつむいた首の、キャラメル色の髪がかかる頼《たよ》りなさそうなうなじを見た瞬間《しゅんかん》、カッと頭の中が熱くなった。頭に血が上るってこういうことかと、思ったのは少したってからだ。

あの時の、赤くなった耳たぶや目尻《めじり》や首筋。

『消えてなくなりたい……』

傷つけて、泣かせて、それから――

(優《やさ》しくしたい)

「なあ……俺が結婚する前に」

やめろ、と誰かが頭の中で怒鳴《どな》った。

「もう一度……しないか」

三浦の表情は一瞬《いっしゅん》、空白になった。何もない、真っ白。

数秒の間、俺も何も考えられなかった。通行人が次々と俺と三浦の脇《わき》を通り過ぎていく。少したって、三浦は俺がつかんだ腕をゆっくりとはずした。

顔を上げる。三浦はいきなり、俺の頰《ほお》を平手で打った。

パシッと気持ちいいくらいの音が往来に響いた。

「――そんな奴《やつ》だとは思わなかった」

殴《なぐ》られた頰は一瞬遅《いっしゅんおく》れて、ビリビリと熱を持った。

(俺は今、何を言った？)

「……俺、たいして頭よくないけど」

俺をひっぱたいた手をぎゅっと拳《こぶし》にして、三浦は言った。硬《かた》い、聞いたこともないような強張った声で。

「それでも同じ相手に二回ふられたら、充分《じゅうぶん》だよ。俺、もう堂島のことはふっきったから。もうなんとも思ってない。結婚でもなんでもすればいい。だからもう俺のことは、放っておいて

くれないか」

うつむいた顔が白い。三浦は全身で俺を拒絶《きょぜつ》していた。熱なんてかけらもない、冷えた目をして。

「……新しく好きな相手でもできたのか」

三浦は顔を上げて、俺を睨《にら》んだ。

「気になる人なら、いる」

「……」

「でも、もう堂島には関係ないだろう」

突き放すように言ったあと、三浦はふいと顔を逸《そ》らした。俺の脇を通り過ぎて、小走りに去っていく。用事もない知らない街に、俺は一人で取り残された。

……俺はいったい何をやっているんだろう。


優しくしたい。冷たくしたい。触《ふ》れたい。傷つけたい。大事にしたい——

一人の人間にいっぺんにそんなふうに思うなんて、そんなことがあるんだろうか。全部が混ざってぐちゃぐちゃになって、区別がつかなくて。

俺はまるで頭がおかしくなったみたいだ。始終変なことばかり考えている。あげくにバカなことをして、言って、傷つけて、怒《おこ》らせて。

自分がこんな人間だなんて、知らなかった。もっと冷静で、何に対しても現実的でいられると思っていたのに。人を故意に傷つけるなんて、自分はしないと思っていたのに。

「どうした。まだ帰らないのか」

モニターをぼんやりと眺《なが》めていると、帰り支度《じたく》を終えた林さんに声をかけられた。

「あ、はい」

「もう少ししたらまた忙しくなるぞ。週末なんだし、今のうちに早く帰って彼女にサービスしておけよ。じゃ、お先」

「……お疲《つか》れ様《さま》でした」

気がつくと周りにはもうあまり人は残っていない。俺は窓の外に目を向けた。

暮れかけたオフィス街。少し前よりずいぶん陽《ひ》が沈《しず》むのが早くなり、街には長袖《ながそで》姿が増えてきた。季節はいつのまにか確実に移り変わっている。

ひとつ息をついて、パソコンの電源を落とした。会社を出て、駅に向かいながらこれからどうしようかと考える。どこかで食事をしていこうか、それとも……

由布子とは、もう十日以上会っていなかった。今までなら、仕事が忙しくない時はだいたい由布子の家に寄っていた。アキが由布子につきまとっていたからだ。だけど今はアキは店で働いていて、それなりにうまくやっているらしい。役者の仕事の方も順調だと聞いた。

由布子は確実に、アキに気持ちを戻《もど》しかけている。季節が移り変わるように、人の心も変わっていく。もともと幼なじみだった二人だ。俺には太刀打《たちう》ちできない時間の積み重ねがある。

だけど俺が由布子の店に足を向けないのは、それが理由じゃなかった。

理由は俺の中にある。こんな状態で、どの面下《つら》げて彼女に会えるだろう?

恋人《こいびと》がいながら、他の相手と寝《ね》た。それでも、本当に同情や、いっそ遊びならまだましだったのに――

寝ても覚《さ》めても、俺は彼女以外の、たった一人の相手のことばかり考えている。

(本当に最低だ)

結局外食もせず由布子の家に寄ることもなく、俺はマンションに帰りついた。ひっそりと冷えた部屋の電気をつけて、ジャケットを脱《ぬ》いでソファの背に放《ほう》り投げる。ネクタイを外している時に、まだバッグに入れたままの携帯電話《けいたいでんわ》が鳴った。

『――慎ちゃん』

細い声。由布子だった。


由布子の家の近くの児童公園で待ち合わせをした。家じゃなくて、二人きりで会いたいという。俺が着くと、彼女は小さな街灯ひとつの暗い公園で、一人でブランコに座っていた。

「こんな時間に外に出たら危ないだろう。家まで迎《むか》えにいくって言ったのに」

周りは住宅街だけど、公園には高い木々や繁《しげ》みが植えられていて、しんと静まり返っている。

ブランコの鎖《くさり》を両手で握って、由布子はにこりと笑った。

「慎ちゃんは本当に優しいね」

「……」

違《ちが》う。優しいんじゃなくて親切にしているだけだ。優しくしたいってどんな気持ちになることなのか、俺は今まで知らなかった。

「優しいから……そばにいたくなっちゃうんだよね」

地面に視線を落として、ぽつりと呟《つぶや》く。彼女が何を言おうとしているのか、俺にはわかった。だから、先に口にした。

「別れようか」

由布子ははっと顔を上げた。その顔が、泣き出しそうにくしゃりとゆがむ。

ああ泣かないでほしい、とやっぱり思った。由布子には、しあわせになってほしい。

だけどしあわせにするのは俺じゃなくてもいい――

どこも塞《ふさ》がれていないのに息苦しくて、拳で胸を押さえた。

この手でしあわせにしたいのは。

つかまえて、よそにやらないようにして、むりやりにでもしあわせにしたいのは――たった一人だけだ。俺をその手でしあわせにしてほしいのも。

俺はなんて間抜《まぬ》けなんだろう。もう遅《おそ》すぎる。

(だけど会いたい)

今すぐ会いたい。こんな焦《こが》れるような気持ちすら、俺はずっと知らずに生きてきた。

「慎ちゃん、わかってるんだよね？　だから先に言ってくれてるんだよね。どうして怒らないの？　もっと怒ればいいのに」

言いながら、由布子はほとんど泣き出していた。

「……腹が立たないからだ」

俺は小声で呟いた。彼女には聞こえなかっただろう。

由布子が他《ほか》の男に心を移しても、俺は腹が立たない。三浦が俺のいないところで笑っているのを見ただけで、あんなに苛立《いらだ》ったくせに。

「私、アキと一緒《いっしょ》にいるのに疲れて、好きでいるのが苦しくて、それで優しい慎ちゃんのところに逃《に》げたんだ。なのに今さらアキとやり直したいなんて、虫がよすぎるよね。もっと怒ってよ。お願いだから」

由布子が片手で握《にぎ》っているブランコの鎖がキィキィと鳴く。もう片方の手で顔を隠《かく》して、由布子は泣いた。背中を丸めて。

かわいそうに、と思う。彼女がそんなに泣く必要はない。俺だって、他の人のことばかり考えている。今さら虫のいいことを。

「怒ってよ。私のこと、ひっぱたいて。……お願い」

「叩《たた》くなんてできないよ」

「……本当は、怒ってほしいのも私のわがままだよね。自分が楽になりたいだけなんだよね。ごめんね……」

彼女が言うように、俺が怒った方が彼女は楽になれるんだろう。だけどやっぱり、そんなことはできない。俺の方がずっとひどいことをしている。

「由布子、俺は……」

息を吸い込んで言いかけた時、ブランコの脇《わき》の繁みがガサガサッと鳴った。

由布子がびくっとしてブランコから立ち上がる。繁みからぬうっと黒い影《かげ》が立ち上がって、こちらに足を踏《ふ》み出してきた。街灯で顔が照らされる。

「──アキ！」

由布子が驚《おどろ》いた声を出した。

「どうしてここに」

「ごめん。隠れて聞いてた」

繁みから出てきたアキは、ばつの悪そうな顔で赤茶色の髪《かみ》をかき上げた。

「様子が変だから……こいつと話をするつもりなんだって思って。それで家から後をつけてきたんだ」

アキは俺に近づいてきた。正面から向き合う。

以前と顔つきが変わったな、と思った。どこがどうというわけじゃないが、常に苛立って自分を持て余していたような、ささくれた雰囲気《ふんいき》がなくなっている。

「由布子は悪くないんだ。ちゃんとつかまえておけなかったオレが悪いんだから……。だから、殴《なぐ》るならオレを殴ってくれ」

俺はため息を落とした。

「誰《だれ》も殴ったりしないよ」

「それじゃあオレの気がすまねえよ。あんたには悪いが、区切りをつけたいんだ。頼《たの》む。一発ぶん殴ってくれ」

「いや……」

困って一歩後ろに下がると、アキは大きく足を踏み出してきた。さらに下がると勢いをつけて間合いを詰《つ》めてくる。いきなり拳《こぶし》を振《ふ》りかぶった。

「あんたがやらねえんならオレがやるぞ！」

「えっ？」

向かってきた拳をとっさにかわした。アキはバランスを崩《くず》すこともなく、軽い身のこなしで次の拳を繰《く》り出してくる。それも顔を逸《そ》らしてよけた。

「アキ、何やってるの！　慎ちゃんを殴るなんておかしいじゃない！」

アキが本気で俺を殴ろうとしているわけじゃないのは、俺にはすぐにわかった。力とスピードの乗ったちゃんと本気の拳だったけど、簡単によけられるところに突《つ》っ込んでくる。役者なだけあって演技がうまい。たぶんこうやって挑発《ちょうはつ》して、俺に殴らせたいんだろう。そうすれば、由布子は少しでも楽になる。

「やめてよ、アキ！」

だけどはたから見ている由布子には、アキが本気で俺に殴りかかっているように見えたらしい。俺とアキの周りをおろおろと狼狽《ろうばい》した様子で動き回って、アキの腕《うで》をつかもうとして何度か失敗する。危なっかしい。ここは軽く拳をあてるかとタイミングを見計らっていると、何を思ったのか、由布子が目をつぶっていきなり俺とアキの間に割って入ってきた。

「うわ、由布子…っ」

「危な…」

俺はとっさに彼女の頭を抱《だ》き込んでかばった。

固い拳はこめかみに当たった。ガッ、という音は頭の内部でした。頭の中身が反対側の頭蓋《ずがい》に叩きつけられるようで、眩暈《めまい》がする。

ぐらりとよろけて、視界が回った。ただよろけただけなら、たぶん腰《こし》を落とすくらいですんだだろう。だけど運悪くよろけた先に、ブランコの鉄柱があった。

「慎ちゃん！」

由布子の悲鳴が聞こえた。そのあとの声が遠くなる。

俺は無様に気を失った。

5

「……格好悪いな」

「そんなことないよ。慎ちゃんはいつもかっこいいよ。私のヒーローだもの」

泣き笑いの顔で由布子は言う。だけどヒーローとは恋《こい》はしない。現実はそんなものだろう。

救急指定病院の処置室だった。俺は処置用のベッドに腰かけていて、由布子がそばに座っている。アキがドア近くの壁《かべ》にもたれて居心地《いごこち》悪そうにしていた。

昏倒《こんとう》した俺を、由布子とアキはタクシーで病院に運び込んだ。鉄柱にぶつけた側頭部は表面のささくれで切ったらしく、何針か縫《ぬ》われていた。ぐるぐると包帯が巻かれている。「何も病院に運ばなくても」と言ったら、「頭を打った時は大事にしないとだめ」と由布子に叱《しか》られた。

その場で縫合《ほうごう》をしてもらい、ＣＴを撮《と》られた。問題はないようだったが、後になって症状《しょうじょう》が出ることもあるので何かあったらすぐに病院に来てくださいと言われ、ようやく帰宅できることになった。

「最後まで助けてもらってばかりだね。ありがとうね」

「うん」

俺は笑った。ごめんと言われて別れるより、ありがとうと言われた方がずっといい。

由布子は一人暮らしの俺を心配して今夜はうちに泊《と》まったらと勧《すす》めてきたが、俺はそれを断った。だったらせめてタクシーで送ると言われ、病院からタクシーでマンションまで帰った。

「大事にしてね。何かあったら夜中でも電話してね」

「大丈夫《だいじょうぶ》だよ。もうほんとになんともないし。頭だから、大げさに血が出ただけだよ」

「心配だなあ……」

そういえば由布子は少し心配性《しょう》のところがあった。どうにかなだめて、マンションの前で別れた。最後に由布子の後ろでアキが憮然《ぶぜん》として、でもすまなそうにぺこりと頭を下げた。

二人を乗せて、タクシーが走り去る。静まった街を、秋の初めのひんやりとする夜風がわたっていく。縫合処置と検査に時間がかかって、もうずいぶん遅い時間になっていた。

自分の部屋に入り、明かりをつけてベッドに寝転《ねころ》がった。食欲《しょくよく》はない。まだ麻酔《ますい》が効いていて、痛みはほとんどなかった。

これからどうしよう。

(……三浦に会いたい)

心を占《し》めるのはそればかりだ。

三浦は男だ。男相手じゃ、結婚《けっこん》もできない。だけどそんなことはもうどうでもよかった。俺が早く結婚したかったのは、手の中に自分だけの持ち物が欲しかっただけだ。わかりやすい幸福。それが心の隙間《すきま》を埋《う》めてくれると信じていた。

だけど好きな相手は荷物じゃないし、そばにいることなら結婚しなくてもできる。

不思議だった。自分の中の感情に、こんなふうに足元をすくわれる日が来るなんて。それがちっとも嫌《いや》じゃなくて、むしろ嬉《うれ》しいなんて。

三浦はもう俺を嫌《きら》いになっただろうか。俺のことはふっきったと言っていた。放っておいてくれ、と。気になる相手がいるとも言った。今さら会いに行ってもどうにもならない。それはわかっている。だけど——

天井《てんじょう》に向かって、息を吐《は》いた。どうせ俺なんてこんな格好悪い男だ。間違《まちが》ってばかりいる。

今さらみっともなくたってかまわない。

電話をしようかと思ったけれど、三浦の携帯《けいたい》番号を知らないことに気づいた。あんなにしょっちゅう由布子の店で会っていたのに、三浦が俺に番号を訊《き》いてきたこともない。しかたがない。明日は休日だ。明日、会いにいこう。会いにいって、嫌がられても謝って、いや、それより先に一番大切な言わなくちゃいけない言葉を……

考えているうちに俺は浅く眠《ねむ》ってしまったらしかった。玄関《げんかん》のチャイムが鳴る音がして、目を覚ました。

壁の時計を見上げると、もう十一時近い。こんな時間に誰だろう。立ち上がってインターフォンで応《こた》えたが、なんの声も返ってこなかった。訝《いぶか》しみながら、俺は玄関ドアを細く開けた。

明かりのついている廊下《ろうか》には、誰もいなかった。でも、ガサリと何か音がする。目をやると、ドアノブにスーパーのポリ袋《ぶくろ》が引っかけられていた。

取り上げて、中身を見てみる。レンジで温めるパックの白飯に、同じくレンジでできるおかずがいくつか。レトルトのおかゆもあった。それからりんご。フルーツのシロップ漬《づ》けの缶詰《かんづめ》。

「……」

よくわからないラインナップだ。でも、はっと気づいた。これは見舞《みま》いだ。以前にもこういう見舞いをもらったことがあった。俺は缶詰のフルーツの甘いシロップが苦手で、自分では買うことがない。こういうものをもらったのは一度だけだ。

(三浦)

　ポリ袋を靴箱《くつばこ》の上に置いて、俺は廊下に飛び出した。

　チャイムを鳴らしたのは俺に気づかせるためだろう。まだ遠くには行っていないはずだ。エレベーターは一階に下りていたので、呼び戻《もど》す時間が惜《お》しくて階段に足を向けた。四階ぶんを一気に駆《か》け下りる。

　マンションの前の道路に出て、左右を見わたした。いた。駅に向かう道を歩いていく、キャラメル色の頭の後ろ姿。

　全速力で追いかけた。とっさに履《は》いてきたのはスニーカーだったので、大きな足音はしない。三浦が気づく前に、腕をつかんでこちらを振り向《む》かせた。

「……ッ」

　驚《おどろ》いて見開いた目が、俺を見てさらに大きくなった。俺は肩《かた》で息をしながら言った。

「どうしてここに？」

「――」

　すぐには言葉が出ないらしい。何度か瞬《まばた》きをした後、三浦は気まずそうに下を向いた。

「……由布子さんから連絡《れんらく》をもらって……堂島が怪我《けが》をしたって」

　やっぱり。たぶんそうだろうと思った。心配性で気のつく彼女のしそうなことだ。

「頭を打ってるから、できれば様子を見にいってあげてほしいって。由布子さんは俺と堂島が喧嘩《けんか》してるんじゃないかって言ってた。堂島が寂《さび》しそうだから、仲直りしてあげてって」

「そうか」

「でも、俺もう会えないから……」

「それでも来てくれたんだな」

「だって心配で」

言ってから、三浦はますます深く下を向いた。髪《かみ》から覗《のぞ》く耳たぶが赤くなっている。かわいいな、と思った。女の子や子供をかわいいと思うのとは違《ちが》う。チリチリと身の内が疼《うず》くようで

——抱《だ》きしめたくなる。

衝動《しょうどう》のままに、俺は三浦をぐいと引き寄せて抱きしめた。腕の中に転がり込んできた体が驚いて硬直《こうちょく》する。

一拍《いっぱく》おいて、三浦はもがき出した。その耳に、俺は会ったら最初に言おうと思っていた言葉を告げた。

「好きだ」

瞬間《しゅんかん》、三浦の体はぴたりと静止した。

「おまえが好きなんだ、三浦——」

反応はなかった。腕《うで》の中の体はぴくりとも動かない。心はどこにあるだろう。いつも俺の手をすり抜《ぬ》ける。つかまえたい。心ごと体を抱きしめたい。あやふやで不確かなものを、こんなに強く求めるなんて。

「三浦」

名前を呼ぶと、大きく肩が揺《ゆ》れた。三浦は身じろぎして、俺の胸を両手で押し返した。

「……嘘《うそ》を言うな」

ひび割れた、硬《かた》い声だった。うつむいた唇《くちびる》の端《はし》が震《ふる》えていた。

「嘘じゃない」

「ゆ、由布子さんが」

「由布子とは別れた」

「えっ」

「本当だ。信じてくれ。おまえが好きなんだ……」

俺はまったく能がない。会ったらああしようとかこうしようとかいろいろ考えていたのに、いざ本人を前にすると好きだと繰《く》り返すしかできないなんて。

だけどこんな時に、他《ほか》に何を言うことがあるだろう。嫌々《いやいや》をする子供みたいにもがく体をむりやり抱きしめて、耳の中に何度も何度も、俺はその言葉を注ぎ込んだ。

「好きだ。好きだ。好きだ」

あの時、三浦がそう言ってくれたように。

「——うっ…」

三浦の全身が、大きく底から震えた。

「……信じない……」

「でも好きだ」

「信じない。信じない」

三浦は何度も首を振《ふ》る。自分を守るように腕を掲《かか》げた。手首をつかんでむりやり下ろさせると、赤くなった目の際に涙《なみだ》が滲《にじ》んでいた。

「け、結婚するって言ったくせに」

「あれは嘘だ。悪かった」

「嘘？　どうしてそんな」

三浦はぱっと顔を上げた。目が俺を非難して、涙で光っている。

「お…俺がどんな気持ちで」

「だって、三浦が俺のことなんかもうどうでもいいってそぶりするから」

「俺は、だって」

「腹が立ったんだよ。嫌だった。寂しかった。おまえが気になるっていう相手にも嫉妬《しっと》した……」

三浦が信じられないものを見るような顔をする。今の俺は、きっと嫉妬心丸出しのみっともない顔をしているだろう。三浦が思っている俺とは違うかもしれない。

もう一度引き寄せて、強く抱きしめた。一瞬《いっしゅん》身を引いたけど、今度は逃《に》げなかった。

「俺、ずっと三浦のことばかり考えてた。由布子のことは大事だったけど、こんなふうに自分の中がめちゃくちゃになったことなんてない。こんなの初めてで、どうしたらいいのかわからないんだ」

「……」

「三浦がそばにいないと……俺はだめみたいだ」

抱きしめた体から、体温が伝わってくる。今、ここにいる。ここに心臓が、身体《からだ》が、心がある。――触《ふ》れたい。

「……なあ。俺のこと、もう嫌いになったか？」

三浦は答えない。答えないことが答えになっていると思うのは、自惚《うぬぼ》れだろうか。

「……キスして、いいか」

「堂…」

返事は聞かなかった。

背をかがめて、うつむいた顔を下から覗き込む。三浦はかたくなに唇を引き結んで、怒《おこ》ったような顔をしていた。でも頬《ほお》が赤い。その唇に、すくうように口づけた。

「……あ」

唇が合わさった時、回した腕の中で肩が一回大きく震えた。でも抵抗《ていこう》はない。顎《あご》を持ち上げて上向かせて、さらに深く重ね合わせた。ふっと、閉じていた唇の力が抜けた。

舌を差し入れると、三浦の舌はとまどったように逃げようとする。つかまえて、ゆるく絡《から》み合わせた。

俺は目を閉じてキスを味わった。甘い。チョコレートの味もケーキの味もしないのに、それは甘く俺を痺《しび》れさせる。

「…ッ、も、やめ……」

「ごめん、もう少し」

苦しそうに離《はな》れようとする唇を追いかけて、頭の後ろを押さえてもう一度深く唇と舌を絡み合わせた。こぼれる息とかすかに震え続ける身体が、どうしようもなく俺をかきたてる。

もっと早く、こうすればよかった。

あの時、こんなふうにキスすればよかった。そうすればわかったのに。どんなにこの身体が欲しいのか。俺にとって甘いのか。俺の身体が教えてくれたのに。

それに、わかる。三浦はまだ俺を好きだ。自惚れや勘違《かんちが》いじゃない。そう思いたい。だってこうしていればわかる。視線のようにあの指のように、何かが流れ込んでくる。

だから同じように、三浦にも伝わるといい――

「……っう」

唇を離すと、三浦の頬を涙が流れ落ちた。

「どうしてこんなことをするんだ」

「好きだからだ」

「嘘だ。す、好きにならないって言った…っ」

子供が意地を張るように言って、三浦は腕で目元を覆《おお》った。

「どうしてこんなに俺をかき回すんだ。俺はもう」

「他に好きな人ができた？」

「…っ」

小さく肩《かた》が揺れる。俺は伏《ふ》せた顔に顔を寄せた。

「俺よりそいつの方がずっと好きか？　俺のことはもう好きでもなんでもない？」

「……そうだ」

「じゃあ、どうして今日ここに来たんだ？」

「……」

うつむいた顔は動かない。だけど腕の間から覗く耳と頬が、薄闇《うすやみ》の中でもわかるくらいに赤く染まっていた。

思わず頬が緩《ゆる》む。俺は今、たぶんそうとうとろけた顔をしているに違いない。

「なあ、顔を上げてくれないか。顔を見て、話がしたい」

「……」

「好きになった相手って誰《だれ》だ？　あの新しい店の店長？」

「な、何言って……店長は新婚《しんこん》で、妊娠《にんしん》中の奥さんがいるんだよ」

「じゃあ誰？」

「……」

「本当は、そんな相手いないんだろう」

三浦は腕を下ろして俺を睨《にら》んだ。その目に涙の薄《うす》い膜《まく》が浮《う》いている。目の縁《ふち》が赤く上気して、睨みながら俺を好きだと言っている。

俺はひそかに唾《つば》を呑《の》んだ。

「なあ……本音を教えてくれ。三浦の本当の心が知りたいんだ。俺は三浦が誰を好きでも、三浦が好きだから」

「う、嘘だ。なんで俺を」

「わからない。どうして好きなのかわからないと、だめか？」

「……」

「言ってくれ。俺が嫌《きら》いか？」

三浦は心底くやしそうに俺を睨みつけた。だけど睨んでいるうちにも睫毛《まつげ》が震えて、目が潤《うる》んでくる。三浦の中にあるものがあふれてくる。瞳《ひとみ》が水面のように大きく揺れた。

観念したように、三浦は目を閉じた。涙の粒《つぶ》が流れ落ちる。

俺はその涙を指先で拭《ふ》き取って、両手で頬を挟《はさ》んだ。

「三浦」

「……好きだ……」

消えそうに呟《つぶや》いた唇に、唇を重ねた。


「ん……っ」

見舞《みま》いに来たなら看病していってくれと言って、三浦を部屋に連れ戻《もど》した。でも痛みはないし、気分も悪くない。むしろ高揚《こうよう》していた。まだぎこちないおずおずとした様子でリビングに立った三浦を抱《だ》きしめて、またキスをした。

「堂島、あの……」

何か言いかける口をキスで塞《ふさ》ぐ。とまどいながら、それでも応《こた》えてくれる舌。

三浦が俺を好きになってくれてよかった。それが何かわからないけど何か三浦を惹《ひ》きつけるものが、俺の中にあってよかった。誰に感謝したらいいだろう。三浦は俺にたくさんのことを教えてくれる。

「堂島、いつから……その、俺のことが好きなんだ？」

深く浅く繰《く》り返すキスの合間に、三浦が目を伏せて言った。

「前に……した時は、キスもしてくれなかった」

「ごめん。あの時は……まだ自分の気持ちがわかってなかったから。キスなんかしたら、おかしくなりそうだった」

身体に任せることも、三浦が教えてくれた。一番したいことは、いつも頭じゃなくて身体が知っている。

「あの時だって、本当は俺がしたくて、したんだ。それを自分にごまかして……三浦を傷つけた。すまなかった」

「堂島が……したくて？」

「そうだよ。おまえとしたかったんだ。こんなふうに」

「……同情じゃないんだな？　ほんとに？」

「本当だよ。好きだ――」

　言葉で埋《う》まらない隙間《すきま》を埋めたくて、キスを繰り返す。唇《くちびる》に、瞼《まぶた》に、頬に。首筋にも唇を這《は》わせて、三浦のシャツの一番上のボタンをはずした。

　三浦がすっと息を吸う音が聞こえた。

「堂島、あの…」

「……なあ。……もっと、さわってもいいか」

　耳元で囁《ささや》くと、腕《うで》の中の身体が感電したように震《ふる》えた。体温が上がって、ふっと熱が立ち上る。

「――したいんだ」

「え」

「この間できなかったことも……」

「で、でも」

　うろたえて三浦の目が泳ぐ。

「堂島、頭の傷が……」

「平気だよ。全然なんともない。だから……」

　俺はバカになっているな、と自分で思った。無理を言っている。身勝手な感情と制御《せいぎょ》できない身体《からだ》。これも自分だと、今ならようやく認められる。

　三浦の手を引いて、隣《となり》の寝室《しんしつ》に導いた。三浦はふらふらした足取りでついてきた。ぼうっとした、酔《よ》っぱらったみたいな顔をしている。

枕元《まくらもと》のライトをつけると、さっと手を伸《の》ばした三浦にまた消されてしまった。「恥《は》ずかしいから」と呟く。そういえば、前にした時も三浦に明かりを消されたんだった。高校の時はあんなことをしてきたくせに、三浦は大胆《だいたん》なところと臆病《おくびょう》なところが混在している。

キスをしながら、ベッドに倒《たお》れ込んだ。スプリングが二人分の重みでギシリと鳴る。

まだカーテンを閉めていなかったので、目が慣れてくると外の明かりでうっすらと表情が見えた。顔の両脇《りょうわき》に手をついて、上から見下ろす。三浦は目を伏せて長く息を吐《は》いた。その唇に、飽《あ》きずにまたキスを繰り返す。

「ん、あ……」

舌をからませながら、服越《ご》しに手を這わせる。シャツのボタンを下から順番にはずした。合わせをひらいて、そっと手のひらで撫《な》でる。薄い、平らな胸。女の子とは全然違《ちが》う。なのに触《ふ》れたくて、次第《しだい》に大胆に撫で回した。手のひらの下で心臓がどくどくと脈打っている。

「…っ、…ん」

乳首《ちくび》に唇を寄せると、薄い身体はびくりと跳《は》ね上がった。舐《な》めて、舌で転がして、軽く吸ったり歯を立てたりしてみる。そのたびに三浦は息を詰《つ》めて、逃《に》げたそうに身悶《みもだ》えした。

胸に舌を這わせながら、そろそろと手を下に下ろした。膝《ひざ》から腿《もも》の内側に手をすべらせ、ジーンズのボタンを外す。

「ちょ、ちょっと、あの…」

うろたえた三浦の抗議《こうぎ》は無視して、ジーンズを膝まで下ろして、下着の上から手を這わせた。しばらく布地の上から揉《も》みしだき、そっと中に手を差し入れた。

「あっ」

まだ指に馴染《なじ》まない、他人のものの感触《かんしょく》。だけど愛《いと》しくて、できるだけ優《やさ》しくまさぐった。

「……っ、あ、…あっ」

三浦はシャツの袖《そで》で口を押さえて、声を殺している。きつくひそめられた眉《まゆ》に、上気した頬《ほお》。そんな我慢《がまん》している表情にも欲情《よくじょう》する自分を、本当にどうしようもないなと思った。

「……なあ。俺にもさわって」

「堂島……」

「俺の身体にさわってくれ」

手をつかんで、同じように俺のものに誘《さそ》う。

三浦はとまどいながら、それでもこの前と同じようにおずおずと指をからめてきた。さわられるとすぐに、俺のものは反応して硬《かた》くなった。

前髪《まえがみ》をかき上げて、うっすら汗《あせ》ばんでいるひたいにキスをする。変に喉《のど》が渇《かわ》いた。それから、三浦のものにからませていた指をゆっくりと奥に進ませた。

知識として知ってはいたけど、まさか自分がするなんて思ってもいなかった行為《こうい》。だけど、したいと思った。すごく自然に。身も蓋《ふた》もないほど直接的に。身体はそういうふうにできているんだなと実感する。俺のものを三浦に受け入れて欲しい。熱いものを隠《かく》した身体の、一番奥に。

その場所にほんの少し触れただけで、三浦の身体は大きく跳ね上がった。指が外れて、ワイシャツの胸元《むなもと》をつかんでくる。

「ど、堂島…ッ」

「どうすればいい？　指で慣らせばいいか？」

「お…俺……したこと、ない」

「わかってる。でも……したいんだ。苦しかったら、言ってくれ」

指先をほんの少しだけ、入れてみた。乾《かわ》いた皮膚《ひふ》が攣《つ》れて俺を拒《こば》む。指を一本だけ中ほどまで沈《しず》めただけで、三浦は苦しそうに浅く速く息をした。全身が細かく震えている。

「きついな……」

ここまできついとは思わなかった。これじゃ、どう考えても怪我《けが》をさせてしまいそうだ。どうしたらいいだろう。試《ため》しに少しだけ指を動かそうとしても、隙間なく埋まって動かない。

俺の困惑《こんわく》が伝わったのか、三浦はいたたまれなさそうに両腕《りょううで》で顔を覆《おお》って呟《つぶや》いた。

「お、俺……女の子みたいには濡《ぬ》れないから……ごめん」

「謝るなよ」

三浦にまた謝らせる自分の配慮《はいりょ》のなさに、内心で舌打ちした。

「女の子の身体が欲しいわけじゃないから。三浦の身体が欲しいんだから」

髪《かみ》を撫でて、いったん指を抜《ぬ》いた。少し考えて、「ちょっと待っていてくれ」とベッドを出る。戻ると、三浦は心細そうな顔で乱れた服を押さえていた。

ベッドに上がって、安心させるように抱きしめる。それからもう一度、手を這わせた。

「先に一度いってくれ」

「え、……あっ」

声を出した三浦は、あわてて口を押さえた。中途半端《ちゅうとはんぱ》に脱《ぬ》げていたジーンズと下着から足を抜かせる。指をからめて、きつく扱《しご》いて性急に追い上げて、追い込んだ。

「ん、ん、…──ッ」

ぎゅっと身体を縮めて、三浦は俺の手の中に放った。

「……はぁ」

熱い息をこぼす。目尻《めじり》に涙《なみだ》が滲《にじ》んでいる。その目元に軽くキスをしてから、さっき救急箱から持ってきた軟膏《なんこう》を指に取り、もう一度後ろに忍《しの》ばせた。

びくりとまた身体がこわばる。ゆっくりとマッサージするように指を動かしてみた。入り口を丹念《たんねん》にほぐしてから、そっと中指を進めた。

「…ッ」

三浦が喉の奥で息をつめる。でも、さっきよりは身体の抵抗《ていこう》が少なかった。いける、と感じて、ゆっくりと、でも少しだけ強引《ごういん》に、俺は三浦の中に指を進めていった。

時間をかけて、付け根まで指を含《ふく》ませる。三浦はきつく眉をひそめているけど、すごく痛そうではなかった。大丈夫《だいじょうぶ》だ。受け入れてくれている。沈めた指を、今度はそっと抜き差しした。

「…っ、あ」

漏《も》れる声は細くて、苦しいのかそうじゃないのかわからない。もっと濡らしたくて、さらに軟膏をすくい、中指に沿って人差し指も少しずつ潜《もぐ》り込ませた。押し開くようにして拡《ひろ》げて、中まで濡らす。

「――ッ」

電流が走ったように、三浦の全身がぶるっと震えた。

「……堂島…ッ」

「痛いか？」

「……い、いた、くは、ない…けど」

とぎれとぎれに、かすれた声で答える。涙が浮《う》いているのが痛いわけじゃないとわかって、ほっとした。

含ませた二本の指を、充分《じゅうぶん》に濡らした内部で動かす。指の角度を少し変えて奥を突《つ》いた時、腕《うで》の中の身体がひくりと脈打った。

「あっ」

「中に……感じるところがあるんだ？」

三浦は真っ赤になって首を振《ふ》る。それでもそこを執拗《しつよう》に指の腹で撫でると、強張《こわば》っていた身体が、指の先からとろりととろけていく感触があった。

「ん、ん……ふ…っ」

アイスクリームみたいに、熱で溶《と》ける身体。

俺は唇《くちびる》を舐めた。喉が、身体が渇く。指を抜いて三浦の片足を抱《かか》え上げて、自分のものをあてがった。

「……入れるよ」

俺の声はひどく切羽詰《せっぱつ》まっていただろうと思う。気遣《きづか》ってやれる余裕《よゆう》がない。三浦は涙のたまった目で俺を見上げて、それから目を閉じた。

「……ッ——！」

押し入るのは、目の眩《くら》むような快感だった。

熱くてきつくて。拒むようでいて、なのにやわらかくからみついてくる。こんな身体をしているのか、と内心で驚嘆《きょうたん》した。他《ほか》の誰《だれ》とも違う身体。

三浦が胸を喘《あえ》がせて息をするだけで、内部が収縮するのがわかる。持っていかれそうだった。奥歯を噛みしめて、集中しそうな快楽を逃がす。血管を浮き上がらせてシーツを握《にぎ》っている手をほどかせて、俺の背中に回させた。すがってくる指が愛おしい。

「あ、うあッ」

なるべくゆっくりと、できるだけ負担をかけないように動いた。それでも三浦は顔をしかめて、揺らされる身体《からだ》を小刻みに震《ふる》わせている。

「あ、…あっ、あっ」

苦しめている。俺は勝手で、ひどい。なのにそんな耐《た》えている表情にすら、愛しさと情欲《じょうよく》が混然となって湧《わ》き上がる。

「ごめん、苦しいか？　でも、すごくいいよ、三浦……」

ひどくするのも優しくするのも、俺だけに許してくれ——

際限なく奪《うば》いたいのも、与《あた》えたいのも、両方自分だと思える。三浦のそばにいると、強欲《ごうよく》になる。優しくなる。三浦もこんなふうに俺を欲しいと思ってくれているだろうか？

「ん、……あ、あッ」

苦しそうなのはそのままだけど、声や熱い息や俺を見る瞳《ひとみ》やすがってくる指に、別のものが混じり始める。それがさらに俺を煽《あお》る。これ以上ないくらい深く繋《つな》がっていると、言葉にならない思いがかたまりになって、たしかに伝わってくるのを感じた。

「あっ、堂島……あっ……あぁ」

身体が内部から溶けてからみついてくる感覚。そこを逃がさないで追って、つかまえて、突き上げて中で放った瞬間《しゅんかん》、三浦は俺を痛いほどに全身で抱《だ》きしめた。


車回しの隅《すみ》の植え込みのブロックに腰《こし》かけて、三浦は俺を待っていた。声をかけると顔を上げて、太陽の方向は違《ちが》うのに少し眩《まぶ》しそうに笑う。立ち上がって、小走りに近寄ってきた。

「どうだった？」

「特に異常なし」

「そうか。よかった」

ほっとした顔で笑う。三浦が笑うとそれだけで、俺の心はふわりと軽く、あたたかくなる。

縫合《ほうごう》した傷の抜糸《ばっし》をしてもらって、診察《しんさつ》を受けてきたところだった。脳内出血もなかったし、痛みももうほとんどない。傷は髪の中なのでまったく目立たなかった。

「その花、もしかして俺に？」

三浦は和紙で簡単に包んだだけの花束を持っていた。ちょっと照れた顔で俺に差し出す。落ち着いた紫《むらさき》のリンドウを中心にした花束だ。秋の花束だなと思った。

「店の売れ残りなんだけどさ、せっかくだから……って、やっぱり変かな。抜糸しただけなのに」

「ありがとう」

澄《す》んだ秋空に、底にかすかに朱《しゅ》を含んだリンドウの紫は鮮《あざ》やかに目に映《は》えた。受け取って笑いかけると、三浦は照れてそっぽを向いた。

「でもうち、花瓶《かびん》とかないんだよな」

「コップとかでいいんじゃないかな。いくつかに分けて。深さのある食器でもいいし……あ、それ、もうだいぶひらいちゃってるから、できれば水あげをちゃんとして」

「うちに来て、活《い》けてくれよ」

「えっと…」

「今日は仕事休みなんだろ？　俺が活けるよりプロがやった方がいいに決まってるし。花もきっとそっちの方がありがたいよ」

「……うん、じゃあ」

まだどこか半信半疑そうにぎこちないのが、かわいいようなもどかしいような、ついからかいたくなる気持ちにさせる。俺は本当に、三浦相手だと意地悪な男になりそうだと思った。

「ちょっと、こっちへ」

三浦の腕をつかんで、ひっきりなしに人が出入りする病院の正面玄関《げんかん》を離《はな》れて、建物の横手へ回った。ひと気はなく、建物と塀《へい》の間をひんやりと涼《すず》しい風が通り抜ける。

三浦の頰《ほお》に手をかけて、上を向かせた。唇を近づけると、三浦は少し体を引いた。背中がコンクリートの外壁《がいへき》にぶつかる。

「人が…」

「誰も来ないよ」

「……堂島って、けっこう大胆《だいたん》っていうか、情熱的っていうか……。なんか、ちょっと意外だ」

「うん。俺も、自分で意外だ」

こんな自分は知らなかった。甘い恋《こい》なんてしないと思っていたのに。

甘いだけじゃなくて熱くて痛い。三浦はそんな恋を俺にくれる。

笑ってくれるだけで嬉《うれ》しいとか、拒絶《きょぜつ》されると、本当に息が苦しくなるくらいに胸が痛いとか。

「……バカなラブソングみたいだ」

呟《つぶや》いたひとりごとに、三浦が首を傾《かし》げた。

三浦がいなくなったら、俺はどうなるだろう。胸の片隅《かたすみ》にひっかかる小さな棘《とげ》みたいに、幸福だけどそれが怖《こわ》い。

三浦は俺にたくさんのものをくれる。熱さと優《やさ》しさと、痛みと棘と。知らなかったことを教えてくれる。俺は以前とはきっと違う人間になっている。自分でそれがわかった。

だから三浦が離れていった後の自分が、想像できなかった。できなくて、怖い。

その人がいないと生きていけないって、そういうことなのかもしれないなとぼんやり思った。

「……なあ、がんばっておまえをしあわせにするから、だからずっと俺のそばにいて、俺をしあわせにしてくれよ」

ひたいにひたいをくっつけて囁《ささや》くと、三浦はちょっと驚《おどろ》いたみたいだった。しばらく黙《だま》って俺を見上げて、それから背中に腕を回してきた。

俺を抱きしめてくれる腕。今はここにある。大切にする。

花束で隠《かく》して、俺はその唇に口づけた。

君がしあわせになる前に

たとえば恋《こい》も三度目なら、もう少し上手にできてもいいんじゃないかと思うんだけど。全然だめだ。余裕《よゆう》がない。

「——ひさしぶり」

店に入ってきた堂島《どうじま》は、テーブル脇《わき》に立って眩《まぶ》しいものを見るように目を細めた。

「慎ちゃん。ひさしぶり。元気そうだね」

由布子《ゆうこ》さんも嬉《うれ》しそうに、にっこり笑う。

由布子さんは、俺が以前に勤めていた花屋の看板娘《むすめ》さんだ。俺は今は別の店で働いているけど、仕事の基本は全部由布子さんに教わった。だから俺にとっては恩人だ。今でもたまに仕事のことでアドバイスをもらったりする。

話があるの、と電話をもらったのは、先週のことだった。堂島も一緒《いっしょ》にと言われ、三人でイタリアンレストランで待ち合わせをした。俺と由布子さんが先に着いて、堂島は仕事で少し遅《おく》れてきた。堂島は由布子さんとはずっと会っていなかったはずだ。

「水野《みずの》のお父さんとお母さんは元気か」

俺の隣《となり》に腰《こし》を下ろしながら、堂島は気負いのない口調で訊《き》く。向かいに座っている由布子さんも、にこにこと屈託《くったく》なく答えた。

「うん。二人ともぴんぴんしてるわ」

「アキは？」

「おかげさまで元気よ。ありがとう」

俺は二人の会話をつい固唾《かたず》を呑《の》んで聞いてしまった。ひさしぶりに会った友人同士みたいな、ごく普通《ふつう》の会話だ。アキって、由布子さんの今の恋人《こいびと》だけど。

「あいつ、まだふらふらしてるのか」

「そんなことないわよ。アキ、ずいぶん変わったの。役者の仕事がけっこう順調で、舞台《ぶたい》で大きな役をもらえるようになったし、テレビにもちょこちょこ出てるのよ。今度、ドラマに出ることになったの。深夜ドラマの脇役《わきやく》だけど」

「へえ。すごいじゃないか」

「そろそろバイトもやめて、役者一本でやっていけそう。……それでね」

由布子さんが言葉を切った時、ちょうどオーダーしたワインが運ばれてきた。店員が全員のグラスにワインを注ぐ間、なんとなく三人揃《そろ》って黙《だま》り込む。

店員がテーブルを去ると、由布子さんは再び口をひらいた。ほんのりと、頬《ほお》が上気していた。

「それで……今度、結婚《けっこん》することになったの」

「えっ」

俺と堂島は揃って声をあげた。

「それは、おめでとう」

先に言ったのは堂島だった。ワイングラスを手に取り、高く掲《かか》げる。つい、横目でちらりと見てしまった。笑っていた。

「おめでとうございます」

俺も言って、三人でグラスを合わせて乾杯《かんぱい》した。はにかんで笑う由布子さんは、とてもしあわせそうだった。

式は身内だけで挙げて、披露宴《ひろうえん》はやらないという。かわりにレストランでパーティをする予定だから二人とも出席してくれないかと言われ、俺も堂島も快諾《かいだく》した。

「それでもうひとつ、三浦《みうら》くんにお願いがあるんだ」

「え、俺ですか」

「うん。あのね、私が持つブーケを、三浦くんに作ってもらえないかなって思って」

「――ええっ」

結婚すると言われた時よりも、驚《おどろ》いた。由布子さんが持つブーケってことは、花嫁《はなよめ》のブーケだ。すごく重要な、大切なものなんじゃないだろうか。

「そんな、由布子さんが自分で作った方が」

あわてて断ろうとした。けれど由布子さんは、やわらかい口調ながら熱心に言う。

「最初はそうしようと思ってたの。でも、作ってもらった方が嬉しいかなって。ほら、やっぱり花束は誰《だれ》かからもらって感激したいじゃない？」

「でも……」

「三浦、結婚式《けっこんしき》のブーケ作ってみたいって言ってたじゃないか」

尻込《しりご》みしているところに口を挟《はさ》んだのは、堂島だ。たしかにそんなことを漏《も》らした覚えがあった。ブライダルブーケは専門の店があるし、今勤めている店で作ることもないわけじゃないけど、それは店長の仕事だ。俺はまだ一度も作ったことがない。

人生の中の特別な一日。純白のドレスを身にまとった花嫁が手にする、特別なブーケ。

もちろん、やってみたかった。俺が花屋の仕事が好きなのは、誰かの人生の輝《かがや》くような一瞬《いっしゅん》に言葉通り花《はな》を添《そ》えることができるからだ。日常にささやかな潤《うるお》いをくれる花も好きだけど。

「できれば知っている人に作ってもらいたいの。三浦くんなら、素敵《すてき》なブーケを作ってくれると思うし……。だめかな」

由布子さんはすごく花束やアレンジのセンスがいいし、彼女が自分で作った方が、好みにぴったりのものが作れるだろう。

でも、誰かに作ってもらいたいって気持ちもわかる気がした。特に由布子さんは、いつもは人に作る側だし。

花束って、気持ちだ。祝う気持ち、喜んでほしいなって気持ちが集まって、ブーケになる。

俺は由布子さんの結婚をお祝いしたいし、しあわせになってほしいと心から思う。

「やってみればいいじゃないか」

それでも迷う背中を押したのは、堂島だった。俺はこくりと唾《つば》を呑んでから、頷《うなず》いた。

それからは、時間を見つけてブライダルブーケの勉強をした。本やカタログをたくさん集め、店長にアドバイスをもらい、自分なりのブーケのイメージを固めようとした。頭の中は毎日の仕事とブライダルブーケのことでいっぱいで、だからすぐには気づかなかった。堂島の様子がおかしいことに。

「ひと口に白い花っていっても、たくさん種類があるんだな」

平日の夜、俺のアパートの部屋だった。俺が見ている花のカタログを、堂島が後ろから覗《のぞ》き込んでいる。座った俺を後ろからゆるく抱《だ》く姿勢で、俺の腹に両腕《りょううで》を回して。

堂島って、けっこう寂《さび》しがりやだ。そう思うのはこんな時だ。

堂島は仕事帰りによく俺のアパートに来る。で、一緒に夕飯を食べる。堂島は自炊《じすい》をあまりしない。俺もそんなに料理はうまくないけど、一人暮らしだから適当にやっている。堂島は高校生の時から一人暮らしをしていて、お母さんは料理研究家なのに、どうしてたんだろうと思って訊《き》いてみると、

「適当に外食とか……あとは」

と言って、ふっと視線を逸《そ》らして言葉を濁《にご》してしまった。

女の子に作ってもらってたんだな、とぴんと来た。由布子さんとつきあっていた頃《ころ》も、由布子さんの家でよく夕食を食べていたし。

堂島はけっこうもてる。必要以上に愛想《あいそ》はふりまかないし、本人は自覚がないだろうけど、

堂島みたいなタイプを好きな女の子は必ず一定数いる。男らしいし、優《やさ》しいし、口数が多くないところがかえって信頼《しんらい》できるし。男らしく女の子をリードして守ってあげるタイプだ。

でも、寂しがりやのところもある。一緒にいる時、テレビを見たりそれぞれ別のことをしていても、堂島はこんなふうに俺を後ろから抱いたり、体の一部を触《ふ》れさせたりすることがよくある。

そのたびに、いまだに俺は少しドキドキする。堂島はすごく自然で、もしかしたら癖《くせ》なのかもしれないけど。

堂島と恋人としてつきあうようになって、一年以上になる。出会ったのは高校生の時だ。俺は同級生の堂島にずっと片想《かたおも》いをしていて、でも卒業の時にきっぱりふられた。

五年後に由布子さんの家の店で働き始めて、再会した。堂島は由布子さんの恋人《こいびと》として俺の前に現れた。なのに俺は五年もたっていたのにやっぱり好きで――そしてやっぱり、ふられた。

ふられるたびに、俺の心は粉々に壊《こわ》れた。もうやめよう。壊れるたびに、ばらばらになった心をかき集めて思った。なのに壊れたかけらがまだ堂島を好きで……そうして今、堂島は俺のそばにいる。

いまだに信じられない気持ちになることがある。二度もふられたから、俺は少し臆病《おくびょう》になっている。

「薔薇《ばら》なんかはすごく品種が多いよな。こういう大輪の薔薇もいいけど、由布子さんならオールドローズもいいかなあと思うんだ。派手じゃないけど、気品があって」

「ふうん」

カタログをめくる俺の肩口《かたぐち》で、堂島の声と息遣《いきづか》いがする。初めて作るブライダルブーケに俺は少し舞《ま》い上がっていて、あれこれ考えながらスケッチをしていた。

ふと気づくと、堂島がずっと黙っていた。背中と腕《うで》はゆるくくっついていて、体温は感じるんだけど、意識を感じない。首をひねって見ると、堂島はぼんやりした目で雑誌のブライダルの特集ページを眺《なが》めていた。心がどこかに行ってしまっている。そんな感じがした。

「……堂島？」

呼ぶと、夢から醒《さ》めたように瞬《まばた》きした。

「ごめん。俺、自分のことばっかで。退屈《たいくつ》だった？」

「そんなことないよ」

堂島は穏やかに微笑《ほほえ》んだ。

「由布子が結婚か、って思ってさ。アキがしっかりしてくれるといいんだけど」

「……」

由布子さんとは彼女の両親も公認《こうにん》の仲で、いずれは結婚も考えていたみたいだった。母子家庭で育った堂島が結婚に憧《あこが》れていたことも、本人から聞いたことはないけどなんとなくわかる。まだ由布子さんに未練があるなんて、そんなことはないだろうと思う。思いたい。でも、もしかして結婚には――

ぐらっと、不安が心を揺《ゆ》らした。俺には馴染みの感覚。二度も失恋《しつれん》したから、俺は怖《こわ》がりになっている。もしもまた壊れることになったら……

「……なあ。それ、まだやるのか？」

うつむいた俺を、ブーケのデザインを考えていると勘違《かんちが》いしたらしい。お腹《なか》に回された腕に
きゅっと力が入った。

「…っ」

首筋に、堂島の唇《くちびる》が触れる。それだけで俺の心臓はぴくりと跳《は》ね上がる。簡単に。

唇は首筋にキスをして軽く吸って、手がセーターの下に忍《しの》び込んできた。Tシャツ越《ご》しに胸から腹をまさぐられる。暖房《だんぼう》はきいていたけど、堂島の手のひらはTシャツ越しでも少し冷たかった。冷たいと感じるくらい、俺の身体《からだ》は瞬時《しゅんじ》に体温が上がっている。

「──したいんだけど……いいか？」

毎回、堂島は律儀《りちぎ》に確認をする。嫌《いや》だって言ったことなんてないのに。

「……うん」

頷《うなず》いて、首を後ろに回してちょっと窮屈《きゅうくつ》な姿勢でキスをした。数え切れないくらいキスはしたのに、やっぱりふわっと血が沸《わ》き立つ。

狭い部屋だから、カタログや雑誌を広げていたテーブルのすぐ後ろがベッドだ。後ろから抱《かか》え上げられてベッドに乗った。上から堂島の顔がアップで近づいてきて、反射で目を閉じる。

「……ん」

堂島の舌が、最初は控《ひか》えめに、次第《しだい》に大胆《だいたん》に俺の口の中で動く。抱《だ》きしめてくる硬《かた》い身体。

力強い腕。男の。好きになる前はこんなの考えたこともなかったけど、好きになったら世界が変わってしまった。さわられると身体が熱くなる。さわりたい、と思う。

「ん、……あっ」

俺も堂島の服の下に手を伸ばす。服を着たままごそごそと探《さぐ》り合っていたけど、下着に手を入れられてすでに硬くなっていたものをきゅっと握《にぎ》られて、動けなくなった。

「っ、堂……待っ」

「俺のはいいから、こっちに集中して」

「——っ」

頭の中が真っ白になる。

お互いに同性相手は初めてだったから、最初のうちはずいぶんぎこちなかった。今でも痛みなしに受け入れられるわけじゃない。だけど重ねるたびに肌《はだ》が馴染《なじ》んで、互いの間だけのやり方やルールができて、言葉だけじゃ交《か》わせない何かが確かに行き交《か》うのがわかる。

でも花屋は立ち仕事だから、最後までしてしまうと、受け入れる方の俺は少し体がつらい。だから平日の夜は、じゃれあいみたいにさわりあっても入れないことの方が多かった。堂島は俺を気遣《きづか》ってくれているんだと思う。

でも、この夜は違《ちが》った。

「んッ……ふあ…ッ」

さんざん俺を昂《たか》ぶらせて、堂島は手をはずしてしまった。最後までしないと思っていたから電灯を煌々《こうこう》とつけたままで、俺だけ服もぐちゃぐちゃで堂島の下で乱されていて、すごく恥《は》ずかしかった。

「……なあ」

俺にひきずられるように堂島の息も速くなっていた。声に、熱がこもる。

「入れたい」

耳元で囁《ささや》かれて、かあっとさらに体温が上がった。

中途半端《ちゅうとはんぱ》に脱《ぬ》げていた服を全部取り去られ、片足を大きく掲《かか》げられた。堂島は熱に浮《う》かされているみたいだった。いつも以上に無口で、でもすごく性急に、直接的に求めてくる。硬い熱を押しあてられただけで、身体の中心がぞくっと疼《うず》いた。

「あ、うぁ——」

入ってくる瞬間《しゅんかん》は、いつもわけがわからなくなる。声を止められなくて、あわてて手で口を押さえた。

「ん、ん、…ふっ」

体がきつくても、堂島と抱き合うのは俺は嬉《うれ》しい。不安を一瞬で押し流してくれる。嬉しさは苦しさを簡単に上塗《うわぬ》りして、俺の中から徐々《じょじょ》に快感を引きずり出す。

「声……我慢《がまん》するなよ」

「やっ、だ、って……」

口を押さえていた手をはずされて、首を振《ふ》った。狭《せま》い安アパートだ。壁《かべ》は薄《うす》い。堂島のマンションだったら壁も厚いし、週末は外でごはんを食べてそっちに行くことが多いんだけど。

声を押し殺したせいで滲《にじ》んだ涙を、そっと指で拭《ぬぐ》われた。俺の中がきついのか、堂島も苦しそうな顔をしている。前髪《まえがみ》をかき上げられて、ひたいにひたいがあたった。

「三浦……動くぞ」

堂島の声はいつになく切羽《せっぱ》詰《つ》まっていた。深く押し入られて、揺《ゆ》すられて、もう何も考えられなくなる。目をぎゅっと閉じて、俺は堂島の背中にしがみついた。


気のせいだと思いたかったけど、気のせいじゃなかった。

堂島はぼんやりと考え込むことが多くなった。会っていても、ふっとうわの空になる。かと思うとすごく優しくなったり、とまどうほどに情熱的に求めてきたりする。

それから、何か俺に話したいことがあるみたいだった。堂島はそういう時、長い〝ため〟があるからすぐにわかる。俺の顔をじっと見たり、いつも以上に無口になったりする。

でも、言わない。言いたいことがありそうな顔で俺を見るくせに、「なに?」と目を覗き込むと、さっと逸《そ》らす。

不安が塵《ちり》のように降り積もっていった。抱きあうことが押し流してくれても、またすぐに心を覆《おお》う。

そんな中、由布子さんの結婚《けっこん》の準備は着々と整っていった。ブーケの参考にするためにドレスを試着した写真を一枚もらったんだけど、彼女が選んだのは、飾《かざ》りやフリルがほとんどないシンプルな膝丈《ひざたけ》のドレスだった。けれどラインやドレープが綺麗《きれい》で、由布子さんの清楚《せいそ》な美しさを充分《じゅうぶん》に引きたてている。

俺がテーブルの上に置いていたその写真を、堂島が手に取ってじっと見ていたことがあった。真剣《しんけん》な顔で。俺は見なかったふりをした。

見なかったふり。俺はずっと、何か言いたそうな堂島に気づかないふりをしていた。だって怖かったから。

同じ相手に三度の恋《こい》をして、俺は臆病になっている。ちっとも強くなれない。二度ふられた時の痛みを、心は今でも覚えている。あんな思いはもうしたくない。

だから、訊けない。

何も訊けないまま、日々は過ぎていった。気づかないふりをして、不安が降り積もる音も聞かないようにして。そうやって表面上は何もないまま、由布子さんの結婚式の日が近づいてきた。

ブーケのデザインも決定した。白い花だけで作った、キャスケードスタイルのブーケ。三種類のオールドローズをメインに優美なラインのカラーを流れるように垂らし、ミスカンサスの葉にカーブをつけてリボンのようにまとわせた。シンプルなドレスにも、由布子さんの雰囲気《ふんいき》にも似合うと思う。

ブーケは花を取り寄せて自宅で前日に作った。なかなかいい出来だと自分では思う。形が崩《くず》れないよう、注意深く固定してテーブルの真ん中に置いた。安アパートの部屋の中でブライダルブーケは場違《ばちが》いに美しく、白いほのかな光を放っているようだった。

薔薇《ばら》の香りがする。甘い香りはさらさらと砂のようにこぼれ落ち、部屋の床《ゆか》いっぱいにたまった。しあわせの香りだと思った。甘い香りの中で、俺は眠《ねむ》った。明日が終われば、こんな不安は消えるはずだ。そう思いながら。

教会での式に出席するのは身内の人だけだけど、ブーケを届けるついでに俺も隅《すみ》っこで参列させてもらうことになった。やっぱりブーケを持ってバージンロードを歩く由布子さんが見たいし。挙式は日曜日で、堂島も俺と一緒《いっしょ》に参列する予定だった。

朝から雲ひとつなく、よく晴れていた。うららかってまさにこういう日のことをいうんだと思う。春とはいえ昨日まではまだ寒かったのに、空から祝福の光が降っている。

俺は車を持っていないので、ブーケはボックスに入れて自分で抱《かか》えてタクシーで運んだ。式が行われるのは、住宅街の中にある小さなかわいい教会だった。幼稚園《ようちえん》が併設《へいせつ》されていて、幼《おさな》なじみの由布子さんとアキは二人ともここの幼稚園に通ったんだそうだ。

中に入ると、まだ式には時間があって、由布子さんのご両親だけが下で待っていた。お父さんである店長はうろうろと歩き回ったり、バージンロードの歩き方を練習したりと落ち着きがない。俺はかつてお世話になった店長と奥さんに、「本日はおめでとうございます」と挨拶《あいさつ》をした。

「おお、三浦くんか。ひさしぶりだね。それ、由布子が頼《たの》んだブーケかい。ちょっと見せてもらっていいかな」

「はい」

「あらっ。綺麗だなあ。あらあら。素敵《すてき》じゃないの。ねえ、お父さん」

「うん。ありがとうな、三浦くん」

店長はすでに涙《なみだ》ぐんでいる。由布子さんは結婚して家を出ても実家の店で働き続けるはずだけど、やっぱり寂《さび》しいんだろうなあ。

花嫁《はなよめ》の控《ひか》え室《しつ》は二階で、着替《きが》えはすんでいるという。控え室の場所を訊《き》いて、俺はブーケのボックスを抱いて階段を上がった。

木造の素朴《そぼく》な造りの教会だ。礼拝堂は荘厳《そうごん》って感じじゃないけど清廉で美しく、背筋が伸びるような清らかな空気に満ちていた。きっといい式になるだろう。

ブーケをあまり揺らさないように、そっと廊下《ろうか》を歩く。二階は静かだった。窓の向こうの梢《こずえ》で陽光がちらちらと揺れて、鳥の鳴く声がする。

一番奥の部屋の前に立ち、ノックをしようと手を上げて、俺はその手を止めた。

ドアはきちんと閉まっていなくて、わずかに開いていた。中から人の声がする。誰《だれ》か来ているらしい。

男の声だったから、アキかなと思った。邪魔《じゃま》をしていいものか迷って、その場で少し様子を窺《うかが》った。

「……泣くなよ」

その低い声が聞こえてきた時、俺はあやうくブーケのボックスを取り落としそうになった。

（堂島）

アキじゃない。中にいるのは、堂島だ。

早く着いて、由布子さんにお祝いの言葉を言いにきたんだろう。べつに普通《ふつう》のことだ。なんでもない。

だけど頭でそう思っても、俺の心は不安で勝手にぐらぐら揺れる。心は弱い。そう簡単に強くなれない。何度人を好きになっても、同じことを繰《く》り返しても、同じところで簡単に傷つく。

今の「泣くなよ」って声の響《ひび》き。二人がつきあっていた時みたいだ。それを傍《かたわ》らで見ていた自分の気持ちも、一緒《いっしょ》に思い出した。

（……そんなはずない）

俺はそっとドアを押し開けた。

テーブルと椅子《いす》、姿見が置かれた小さな部屋だった。姿見の近くに置かれた椅子の前に、由布子さんと堂島が立っている。ダークスーツを着た堂島はこちらに背中を向けていた。

写真よりももっと、由布子さんは綺麗だった。長い髪《かみ》をふんわりと結《ゆ》い上げ、ドレスに映《は》える化粧《けしょう》をしている。これでティアラをつけたら、まさにお姫《ひめ》様だ。

その由布子さんが、堂島の胸に顔を伏《ふ》せていた。まだ手袋《てぶくろ》をつけていない手で目元を押さえている。堂島の手は、壊《こわ》れものを扱《あつか》うように由布子さんの華奢《きゃしゃ》な肩《かた》に添《そ》えられていた。

見なければよかった、と思った。

見なければよかった。見なければよかった。そうすれば、胸のうちの不安も見ないふりをしていられたのに。そうやって無視しているうちに、消えてなくなったかもしれないのに。

「——あ」

堂島の胸から顔を上げた由布子さんが、先に俺に気づいた。瞳《ひとみ》が潤《うる》んでいた。

「三浦くん」

堂島がぱっと振《ふ》り返った。

「本日はおめでとうございます」

俺は満面の笑みを、顔に張りつけた。

入り口で一礼する。部屋の中に入って、ブーケのボックスをテーブルの上に置いた。

「由布子さん、すごく綺麗《きれい》です。本当におめでとうございます。これ、ブーケです。気に入ってもらえるといいんですが…。じゃあ俺、下にいますね。また後で」

ひと息に言葉を並べる間、ずっと笑っていた。笑えない時に笑うことは、大人になってできるようになったことのひとつだ。

そうしてもう一度頭を下げて、くるっと回れ右をした。

そろそろ礼拝堂には人が集まっているようだった。朗《ほが》らかに挨拶しあう声がする。その中には出ていけなくて、階段を下りた俺は、人目を避《さ》けて裏口と思《おぼ》しきドアから建物の外に出た。

小さな物置のある裏庭だった。表に回ったら誰かに出くわしてしまうだろう。どうしようか迷っている隙《すき》に、裏口のドアがバンと勢いよく開いて、堂島が飛び出てきた。

「三浦」

腕《うで》をつかまれて、振り向かされる。俺は下を向いた。はりぼての笑顔《えがお》が剥《は》がれた後は、きっと醜《みにく》い顔をしている。

「どうしたんだ？　あんな態度…。由布子が驚《おどろ》いてたぞ」

「……」

「三浦？」

堂島は背をかがめて、俺の顔を下から覗《のぞ》き込もうとする。俺はつかまれていた腕を力いっぱい振りほどいた。うつむいたまま、数歩後ろに下がる。

「──俺、別れてもいいよ」

そんな言葉、一秒前までは考えていなかった。嘘《うそ》だ。別れていいわけなんてない。

いや……違う。由布子さんから結婚《けっこん》の話を聞いてから、堂島の様子がおかしいと思い始めてから、見ないふりをしていた心の奥底にその言葉はちらついていたんじゃないか？

俺がいない方が、堂島がしあわせになれるのなら──

ふいをつかれたせいか、堂島はすぐには反応しなかった。それから、「えっ？」とすっとんきょうな声をあげた。

「わ、別れてやってもいいって言ってるんだ」

精いっぱい虚勢《きょせい》を張りたいのに、声が震《ふる》える。みっともない。

「え、ちょ、ちょっと待て。三浦、何を……」

「堂島、結婚したいんだろう⁉」

顔を上げて、声を荒《あら》らげた。

堂島が目を丸くする。俺は今、どんな顔をしているだろう。本当にみっともない。どうしようもない。嫉妬《しっと》なんて、もうしたくなかったのに。恋も三度目なら、ふられるくらいもう少し上手にできそうなものなのに。

「わ、わかってたんだ。堂島、由布子さんの結婚話《けっこん》を聞いてから様子が変だよな。しょっちゅう考え込んでるし、俺に何か言いたそうなのに言わないし……」

「それは」

「俺、結婚できないし。子供も家庭も俺には無理だし。堂島にあげられるもの、なんにもないんだ。だから」

「……ちょっと待て」

「今ならまだやり直せるよ。由布子さんは結婚しちゃうけど、堂島ならいくらでもいい相手が見つかる。だから」

「待てって」

「だ、だから、もう」

「待てって言ってるだろ！」

パン、と耳元で音がした。

何が起きたのか、すぐにはわからなかった。両頬《ほお》が堂島の手で覆《おお》われている。両手でパンと頬をはたかれたらしい。痛くはない。でも、びっくりして言葉が止まるくらいには強く。

「……おまえはほんとにいつもいきなりだよな」

はああ、と堂島が深く息を吐《は》いた。

「心臓に悪い……」

地面に向かってかすれそうな声で呟《つぶや》いてから、堂島は顔を上げて俺を真正面から見た。

「――」

頬を挟《はさ》まれているせいで、うつむいたり顔を逸《そ》らしたりができない。至近距離《しきんきょり》で目が合った。静かな切れ長の目。胸がどくんとひとつ鳴る。胸が鳴るたびに、好きだ、と思う。

（……だめだ）

顔が近づいてきた。逃《に》げられない。逸らせない。だって好きなんだ。

唇《くちびる》が触《ふ》れる。重なり合う。もう何度もしているのに、その一瞬《いっしゅん》は決まって全身の血が逆流するような感じがする。

最初は触れるだけだった。それから、堂島の舌が俺の唇をなぞる。自然に口を開けると、するっと中に入ってくる。

歯列を舌でなぞって、上顎《うわあご》の内側を舐《な》めて、舌をからませる。上を向かされた俺は、苦しくなって喘《あえ》ぐように息をした。くらくらする。次第《しだい》に濃《こ》く激しく、全部を重ねるようになっていくキスに、膝《ひざ》が震えた。体の力が抜《ぬ》ける。

「ふ、…あ…っ」

唇が離《はな》れた時、俺はその場に崩《くず》れ落ちそうになった。「おっと」と堂島が支えてくれる。

「……わかったか？　好きじゃない相手に、こんなキスしないだろ」

低い声は、怒《おこ》っているように聞こえた。いや、確実に怒っている。

「なのにどうして別れるなんて言うんだ」

「……だって」

自分だけ息を乱されているのがくやしくて、俺は拳《こぶし》で口を拭《ぬぐ》って唇を噛《か》んだ。

「堂島、結婚したいんだろう？」

「それはもういいよ。昔はそうだったけど、今は違《ちが》う」

「でも、由布子さんと……」

「由布子とはほんとにもうなんでもない。今日結婚する花嫁《はなよめ》なのに、失礼だろう」

「でも」

俺は顔を上げて堂島を睨《にら》んだ。

「さっき、抱《だ》き合ってた」

「いや、あれは」

「由布子さん、泣いてた」

「いや、だから」

睨《にら》みながら言いつのると、堂島はちょっとうろたえた。いつも憎《にく》らしいくらいに落ち着いているのに。片手で俺を押しとどめる仕草をして、早口で言った。

「アキが乱暴なことしたら俺に言えよ、殴《なぐ》ってやるから、って言ったんだ。そしたら由布子が笑いながら泣き出しちまって」

髪に手をやって、大きくため息をつく。

「もう俺、妹を嫁に出すみたいっていうか、いっそ花嫁の父の気分っていうか」

何を言っているんだ。由布子さんは堂島よりひとつ年上なのに。

「それにウエディングドレス姿の女の子が泣いてたら、普通《ふつう》、肩に手くらい回すだろう」

「……」

たしかに、堂島にはそういうところがあった。無自覚に優《やさ》しい。たまにちょっと腹が立たないでもない。

「でも、最近ずっと様子がおかしかった」

「あ、……それは」

今度は、堂島はあからさまに視線を逃《に》がした。

「何か俺に言いたいことがあるんだろう?」

「うーん……」

　堂島は腕を組んで、難しい顔で唸《うな》っている。

「……おまえ、ブーケ作るのに一生懸命《いっしょうけんめい》だったし、祝い事の空気に水を差すのもなんだから、今日が終わってから言おうと思ってたんだけど」

　よそ見をして、ぼそぼそと言い訳みたいに呟く。堂島は言うべきことはいつもストレートに言う。なのに、妙《みょう》にまわりくどかった。こんな堂島はめずらしい。何が堂島を迷わせて、こんなふうに優柔不断《ゆうじゅうふだん》にしたり、弱くしたりするんだろう？

　小さく咳払《せきばら》いをして、堂島は俺に向き直った。腹をくくった顔をして、口をひらく。

「俺、転勤が決まったんだ」

「――えっ」

　俺の頭は一瞬、空白になった。思いもかけない方向からの衝撃《しょうげき》だった。

「ど、どこに？」

「名古屋支社」

「名古屋……」

　行ったことのない地名が頭の中をぐるぐると回る。名古屋。大都市だ。えーと、新幹線で二時間くらい？　遠いって言うべきなのか近いって言うべきなのかよくわからない。

「まあ、うちは転勤は付き物だから、いつか来るだろうとは思ってたんだが……。それで俺、設計の方に移れそうなんだ」

「えっ、そうなんだ」

堂島は今は建設会社の本社積算課にいるけど、いつか設計に行きたいって話は前々から聞いていた。大学からずっと勉強していたらしいし。

「何年か地方勤務を経験したら、そのうち本社に戻《もど》れると思う。もしかしたらもう一回くらいどこかに飛ばされるかもしれないけど。……だからさ、名古屋には行かなくちゃいけないんだ」

「うん」

俺は神妙《しんみょう》に頷《うなず》いた。堂島は会社員だし、やりたい仕事がようやくやれるんだ。選択肢《せんたくし》なんてない。

「……だから」

いつも凪《な》いだ水面みたいに穏《おだ》やかで揺《ゆ》らがない表情が、ふっと崩れた。それから手を伸《の》ばして俺の腕《うで》をつかんで、強い力で引いた。

俺の体は堂島の腕の中に倒《たお》れ込む。背中に腕が回って、抱きしめられた。

「……俺、自分がこんなに弱いなんて思わなかった」

「え?」

聞いたことのない気弱な声に、心臓が高く強く鳴った。

「頭ではわかってるんだけどさ。少しの辛抱《しんぼう》だって思うんだけど……でも、おまえと離れるの、俺はつらい」

「……堂島」

心臓が胸の中で躍《おど》っている。

ずっと、俺の方がよけいに好きだと思っていた。俺が片想《かたおも》いをしていて、堂島は好かれる側で、いつもどこか余裕《よゆう》だったのに。

「名古屋に行ったら今みたいには会えないんだなって思ったら……たまらなくなった。だけどおまえは男だし、ちゃんと仕事も持ってるんだから、ついてきてくれとは言えないし」

堂島の声はふらふらと揺れて、頼《たよ》りない。背中に回った腕に、すがるように力が入った。

「でも、離れたくないんだ」

息が苦しくなるほどに、俺を抱《だ》きしめる腕。

迷って、優柔不断になって、弱くなって。

それが俺のせいだなんて――そんなことが、あるんだろうか？

「……堂島」

背中に腕を回して、抱きしめ返す。心がじわじわと温まってきて、くすぐったいような、笑い出したいような心地になる。いつも沈着《ちんちゃく》冷静で、誰《だれ》にでも優しくて。そんな堂島が俺のことで余裕をなくすなら……

こんなに嬉《うれ》しいことってない。

心が沸《わ》き立つ。沸騰《ふっとう》して、底から嬉しさって泡《あわ》がいくつもいくつも湧《わ》き上がってくる。

「俺も、離れたくない」

腕の中で顔を上げた。堂島と目を合わせて、笑みを浮《う》かべてみせる。少しは余裕《よゆう》のある顔に見えるだろうか。

「だから、ついていってもいいよ」

「──えっ？」

虚《きょ》を突《つ》かれた顔に、俺はますます笑いを深めた。

「名古屋だろ？　うちの店、チェーン展開してて、名古屋にも店舗があるんだ。ホームページが共通で、たしか名古屋店で従業員を募集《ぼしゅう》してたから、連絡《れんらく》すればたぶん雇《やと》ってもらえると思う」

「……」

「もしももう決まってても、大きな街なら花屋の仕事見つかりそうだし。俺、どこへ行ってもなんとかやっていけると思う。だから堂島が転勤するなら、ついていってもいいよ」

堂島はまだ呆《ほう》けた顔をしていた。こういう顔も、片想いをしていた頃《ころ》は見たことがない。

「……なんだ」

それからようやく腕を動かして、片手でひたいを押さえた。はーっと長く息を吐《は》く。

「もっと早く言えばよかった……」

「はは」

おかしくて、嬉しくて、しあわせで、俺は自分よりも背の高い堂島の首を、回した腕でぐっと引き下ろした。その唇《くちびる》にキスをする。

「ついていくよ」

だからずっと、一緒《いっしょ》にいよう。

「──あなたはこの姉妹と結婚《けっこん》し、神の定めに従って夫婦《ふうふ》になろうとしています。あなたはその健《すこ》やかなるときも、病《や》めるときも、常にこれを愛し、これを敬い、これを慰《なぐさ》め、これを重んじ、これを守り、その命の限り、固く節操を守ることを誓《ちか》いますか」

「誓います」

礼拝堂は敬虔《けいけん》な空気に包まれていた。

高い位置にある窓から、白い光が降りそそいでいる。豪華《ごうか》なステンドグラスや絵画があるわけじゃないけど、かえって心が洗われる気がした。参列者が見守る中を、牧師さんの穏《おだ》やかで重みのある声が流れていく。

礼拝堂の後ろの方の席で、堂島と並んで座った。白いドレスを着て白いブーケを持った由布子さんは、神々《こうごう》しいくらいに美しかった。その手のブーケを見るたびに、俺は誇《ほこ》らしい気持ちでいっぱいになる。以前は赤かった髪《かみ》が黒くなっているアキは、売り出し中の役者らしくフロックコートが似合って、なかなかの男ぶりだった。

牧師さんの言葉に従って、花婿《はなむこ》と花嫁《はなよめ》が誓いの言葉を述べる。次に指輪の交換《こうかん》が行われた。自分じゃない人の儀式でも、厳粛《げんしゅく》な気持ちになる。アキと向き合った由布子さんの横顔は、少し涙《なみだ》ぐんでいるように見えた。

それから二人を握手《あくしゅ》させて、牧師さんが祈禱《きとう》をする。新郎《しんろう》新婦がこちらを向いた。

「父と子と聖霊《せいれい》の御名《みな》において、この兄弟と姉妹とが夫婦であることを宣言いたします。神が合わせられたものを、人は離《はな》してはなりません」

なんだか涙が出そうだった。

起立を促《うなが》され、讃美歌《さんびか》が始まった。讃美歌なんて歌ったことがないけど、周りの人に合わせてなんとか口を動かした。隣《となり》を見ると、堂島は真面目《まじめ》きわまりない顔で歌っている。

「……なあ」

一生懸命歌っていると、横から低い声がした。堂島が讃美歌の書かれたプログラムで口元を覆《おお》って、前を向いたまま囁《ささや》いている。他《ほか》の誰にも聞こえない声で。

「おまえも名古屋へ行くんならさ……」

ふわっと手が温かくなった。堂島の左手が俺の右手をつかまえて、ぎゅっと握《にぎ》った。

「一緒に暮らさないか」

「えっ…」

俺は小さく息を呑《の》んだ。

でも結婚式《けっこんしき》の最中だ。大きな声は出せないし、大っぴらに顔も見られない。言うだけ言って、堂島はなんでもない顔で讃美歌の続きを歌っている。

参列者の歌声は教会の天井《てんじょう》に反響《はんきょう》して、陽《ひ》の光と一緒《いっしょ》に新郎新婦の上に降りそそいだ。由布子さんとアキは、時々顔を見合わせながらしあわせそうに微笑《ほほえ》んでいた。

　讃美歌が終わり、式も終わりに近づいた。一同の中にほっとしたなごやかな空気が流れ始める。牧師さんが参列者を見わたした。

「ご列席の皆様《みなさま》。お二人の上に神の祝福を願い、結婚の絆《きずな》によって結ばれたこのお二人を、神が慈《いつく》しみ守り、助けてくださるように祈《いの》りましょう」

　最後の祝禱が始まっても、俺の手を握った手は、離れていかなかった。

「恵《めぐ》み深い天の父なる神よ。今ここに夫婦となる誓いを交《か》わしたお二人が愛に生き、健全な家庭を作りますように。喜びにつけ悲しみにつけ信頼《しんらい》と感謝を忘れず、あなたに支えられて仕事に励《はげ》み、困難にあっては慰《なぐさ》めを見出《みいだ》すことができますように。キリストのお名前を通してお祈りいたします」

「……なあ」

　さっきの堂島と同じように、俺も前を向いたまま、小声で囁いた。

「さっきの話だけどさ……堂島、ごはん作れないし」

「願わくは、我らの主、イエス・キリストの恵み、父なる神の愛、聖霊《せいれい》の交わりが、今結婚の誓いを立てられたお二人と我ら一同の上に」

「──いいよ」

　つないだ手を、強く握り返した。

「今より限りなく、永久にあらんことを」

あとがき

こんにちは。高遠琉加です。

この『好きで好きで好きで』は、以前にノベルスで発行されたものの加筆新装版になります。これでもかというほど片想《かたおも》いの話が書きたくて、書いた作品です。前のあとがきにも書きましたが、どうか半分終わったところで投げないでください。お話はこれからですので！

書き下ろしは、彼らと彼女のその後です。あと、彼らの高校時代のショートストーリーを当時の雑誌に載《の》せてもらったのですが、そちらは今回作られる小冊子に収録される予定です。よかったらぜひ応募《おうぼ》してください。

ちょうど表紙イラストを見せてもらったところなのですが、もうため息ものの美しさです。弓道《きゅうどう》姿をリクエストしちゃったので、モノクロイラストもとっても楽しみです。六芦かえで先生、ありがとうございました。加筆修正の機会を与《あた》えてくれた編集様も、ありがとうございました。いつもページがぎりぎりですみません……。

そして以前に読んでくださった方も、初めての方も、ありがとうございました。楽しんでもらえれば嬉《うれ》しいです。

高遠琉加

〈初出〉
『好きで好きで好きで』（ビブロス／２００４年１月刊行）
「君がしあわせになる前に」書き下ろし

KADOKAWA RUBY BUNKO

好《す》きで好《す》きで好《す》きで

高《たか》遠《とお》琉《る》加《か》

角川ルビー文庫　R131-2　16122

平成22年2月1日　初版発行
平成22年9月5日　3版発行

発行者——井上伸一郎
発行所——株式会社角川書店
東京都千代田区富士見2-13-3
電話/編集(03)3238-8697
〒102-8078
発売元——株式会社角川グループパブリッシング
東京都千代田区富士見2-13-3
電話/営業(03)3238-8521
〒102-8177
http://www.kadokawa.co.jp
印刷所——旭印刷　製本所——本間製本
装幀者——鈴木洋介

ISBN978-4-04-455006-6　C0193　定価はカバーに明記してあります。